LES ARDENTES

Collection
CUPIDON

Dirigée par Pierre Genève

4 PARUTIONS MENSUELLES   **T.T.C. 9 F.**

UGO SOLENZA

LES ARDENTES

COLLECTION CUPIDON
EDITIONS DU PHENIX
14, rue Daniel Féry, 94800 VILLEJUIF
Tél. : 359-45-43

DU MÊME AUTEUR

Le beau Mario.
Extases juvéniles.
Folles étreintes.
Regain de désir.
Belles impudiques.
Amours en fraude.
Brigitte.
Interlude charnel.
Vacances sensuelles.
Aime-moi!
Jeux farouches.
La croisière de charme.
Les amants du Tech.
Le dragée haute.
La pension des caprices.
Duo pervers.
Les visiteuses.
Marion.
Comme un fruit mûr.
Marion de Dublin.
Marion la proscrite.
Lady Marion.

© 1974, Éditions du Phénix.

CHAPITRE PREMIER

PERICO soutenait sa main gauche blessée de sa main droite, et courait à perdre haleine. Le gros bourg espagnol était endormi et personne n'avait le courage de quitter son lit pour voir ce qui se passait dans les rues. Pourtant les habitants de la région de Murcie passent pour les plus curieux du sud de la péninsule.

Perico haletait bruyamment, se demandant s'il arriverait à s'en sortir. Derrière lui, cachés encore par un entrelacs de ruelles, les « autres », ceux de la police étaient à ses trousses et n'allaient pas abandonner la poursuite aussi facilement. L'air était brûlant, les ombres à pic coulaient le long des murs blancs et les rues semblaient parcourues par un courant invisible de feu. A part le bruit des espadrilles du garçon, le silence n'était fait que du bruit des mouches. Des milliards sur chaque tas d'or-

dures qui fumait devant chaque porte basse.
Il arrivait à l'endroit. Il arracha sa chemise,
en entoura sa main qui saignait. Il poursuivit
sa course, ne laissant plus derrière lui des gouttelettes de sang où se collaient les mouches. Un
escalier menait à des maisons abandonnées qui
s'adossaient aux rochers. Il escalada les marches
usées par des dizaines de générations et se perdit dans cette partie inhabitée du bourg : des
ruelles laissant juste le passage du corps, des
passages couverts, des terrasses qui permettaient
de passer d'un toit à l'autre. Avec mille précau-
tions, car ces toits étaient pourris ! Il s'arrêta
pour écouter. Quelque part dans les rues plus
importantes du faubourg en ruines il y avait
des murmures. Il sourit. Nul ne pouvait connaître cette partie de la petite ville comme lui.
Quand il était un muchacho, il y jouait tous les
jours. Il y connaissait des cachettes insoupçon-
nables. De plus la séparation avec le reste de
l'agglomération n'était pas franche, et il pourrait à la rigueur revenir jusque chez lui quand
l'alerte serait passée. Dans combien de temps ?
La chose dépendait de l'état du señor Diaz. Il
avait frappé fort et l'homme était tombé contre
l'angle d'une pierre de soutènement. Il était

resté sans mouvements. Perico n'avait eu que le temps de prendre ses jambes à son cou, les policiers qui étaient là à cause de la grève des ouvriers agricoles dégaînaient leur revolver et fonçaient sur lui. Une balle lui avait éraflé profondément la tranche de la main gauche. Heureusement qu'il avait eu affaire à un maladroit. La balle n'était même pas restée dans la blessure.

Il reprenait rapidement son souffle. Il défit sa chemise et regarda la plaie. Elle ne saignait plus, mais elle était quand même profonde.

Il se trouvait sur une terrasse qui surplombait un pâté de maisons en ruines. Il avança précautionneusement jusqu'au bord et jeta un regard dans la rue. Rien, à part un tas de fumier qui grésillait de mouches. Il s'orienta. Il avait soif et voulait retrouver le vieux puits. Quelques années plus tôt il venait s'y amuser avec les autres enfants de son âge. Ils accrochaient une boîte de conserve à une ficelle et tiraient de l'eau de la sorte.

Il enjamba une série de murettes bordant les terrasses, sauta deux ou trois fois d'un toit à un autre au-dessus d'une ruelle profonde et noire comme une faille. Il retrouva le puits mais il n'y avait rien pour y puiser de l'eau. Il commença de déchirer sa chemise en longues bandes qu'il noua les unes aux autres. Il les laissa pendre dans le trou à moitié comblé d'où montait une fraîcheur qui sentait le moisi. Il retira les bandes et suça la dernière avec avidité. Il se confectionna ensuite un pansement humide qu'il appliqua sur sa blessure.

De temps à autre il dressait la tête pour écouter si aucun bruit suspect ne lui parvenait. Rien. Il s'étira doucement. Il était en plein soleil, mais il était déjà suffisamment bronzé pour ne pas le craindre. Celui qui aurait craint le soleil aurait difficilement pu vivre dans cette région. De quatre heures du matin au soir sept heures, il fallait travailler dur dans la chaleur torride. Pour le señor Diaz, le plus gros propriétaire du pays, le soleil était son meilleur associé. Dans ses immenses terres poussaient les primeurs et les fruits que des hommes de tout âge et aussi des femmes, faisaient venir pour un salaire journalier qui représentait la valeur d'une boule de pain et de quelques oignons. Depuis des semaines le mécontentement était dans les têtes mais les bras allaient toujours, un peu par habitude. Puis depuis trois jours la

grève. C'était les cueilleuses de fruits qui
avaient commencé. Les jardiniers et les maraî-
chers avaient suivi. Quelques heures après, la
police ! Appelée par le señor Diaz. Perico sur le
passage du gros patron au teint olivâtre avait
murmuré avec ironie :

« Cochonillo. »

Ce qui veut dire cochon de lait. Il avait mal
fait de dire cette insulte, mais le señor Diaz
avait voulu lever son gourdin sur lui. Le reste
était alors arrivé rapidement.

Perico haussa les épaules avec insouciance. Il
était jeune, même pas dix-huit ans et l'avenir
ne lui faisait pas peur.

Il se glissa dans une sorte de corridor étroit
dont le plafond croulait, laissant passer de larges taches de soleil. Il déboucha sur une étroite
terrasse qui dominait un autre pâté de maisons.
Une ruelle de deux mètres de large n'était pas
pour effrayer Perico même avec sa main blessée. Il arrivait près des maisons habitées. La
première, c'était celle de la señora Manuela
Torca, une belle femme de trente et quelques
années déjà veuve. Elle habitait avec sa belle-
fille, une niña de seize ans. On ne les voyait
passer dans les rues que le matin de bonne

heure pour aller à la messe. Le padre José venait souvent chez elles. Pour rejoindre le reste
du bourg il fallait passer chez les deux femmes.
C'était le plus dangereux parce que la famille
Torca était une ancienne famille riche qui
avait des liens avec tous les propriétaires im-
portants de la région. Maintenant la veuve
était pauvre et n'avait plus qu'une vieille servante qu'elle ne payait pas pour la servir. Les
deux maîtresses et la vieille femme vivaient
chichement des « cadeaux » que leur faisaient
des types dans le genre de Diaz en souvenir du
temps passé.

Oui, c'était là le plus dangereux coin à traverser. Ensuite venaient des maisons à plusieurs
locataires dont pas un n'aurait été capable de
livrer le garçon, mais l'aurait caché chez lui
avec plaisir.

Il sursauta tout à coup. Une forme venait
d'apparaître à l'une des fenêtres noyées d'ombre de la maison de Doña Manuela. Il recula
dans un angle de la terrasse. Ah ! ça ! est-ce
qu'un policier serait en attente là ? Dans ce cas
ils devaient encercler le vieux quartier abandonné, d'autant plus aisément que ces ruines
appartenaient en partie à Diaz. Le faubourg

avait été dans le temps le quartier chic de la bourgade.

Il ouvrit de grands yeux. La forme qu'il avait aperçue se tenait droite sur le rebord de la fenêtre. C'était une femme et mieux encore la señorita Lucia. Il recula davantage, craignant d'être découvert.

Ce qui se passa fut alors si étrange qu'il ne songea pas tout de suite à prendre la fuite. La jeune fille s'élança de sa fenêtre et retomba légèrement sur la terrasse qu'il venait de quitter. Sa jupe se souleva très haut sur des cuisses brunes et rondes. Il se plaqua contre son tas de vieilles pierres et de torchis et attendit le cœur battant.

Il distinguait parfaitement, entre deux pierres de taille le visage ovale de Lucia, ses yeux noirs, allongés, que protégeaient de longs cils. Ses pupilles brillantes riaient dans le blanc de l'œil qui avait cette teinte bleue des Andalouses. Il se souleva légèrement pour mieux regarder son cou gracieux qui se perdait en ombres chaudes dans l'ouverture d'un chemisier décolleté. Et l'une de ces ombres partageait les deux seins ronds et tendus de la jeune fille.

Elle passa à un peu plus d'un mètre de lui, et

il surprit la chanson qu'elle fredonnait. Il se risqua imprudemment hors de sa cachette pour regarder la croupe ronde et cambrée qui tendait la jupe d'étoffe légère.

Lucia disparut dans un passage, ancien corridor de la maison à moitié écroulée. Il sortit sur la terrasse. C'était le moment de risquer le tout pour le tout et de traverser rapidement la maison de la famille Torca. Après, c'était le salut assuré, les soins que les gens donneraient à sa main et la nourriture que réclamait son jeune corps.

Il ne sentait plus sa main qui battait sourdement, ni son estomac qui se tordait en tous sens. Il regardait le passage maintenant désert qu'avait emprunté la jeune fille. Soudain il n'hésita pas et abandonnant ses espadrilles, se lança silencieusement sur les traces de Lucia.

Quand il la revit, elle était arrêtée sur une terrasse effondrée, de telle sorte qu'elle était entourée par de hauts murs sans ouverture. L'accès en était difficile et Perico avait dû se frayer un chemin dans les décombres de pièces en ruines, escalader des pans de murs. Un véritable labyrinthe.

La jeune fille regarda autour d'elle comme si

elle cherchait quelque chose, puis se dirigea
vers une niche creusée dans un mur de pisé.
Elle y prit un paquet qu'elle déroula. C'était
une couverture qu'elle étendit.

Ce fut ensuite si rapide que Perico n'eut pas
le temps de souffler. Elle ôta sa robe. Dessous,
elle ne portait qu'un slip étroit qu'elle fit glisser le long de ses jambes pleines, offrant, sans le
savoir, au garçon, la vision d'une croupe menue, mais ronde et ferme que partageait une
ombre fine.

Elle s'étendit, complètement nue, sur la couverture. Il vit qu'elle fermait les yeux.

Perico en avait les mains graisseuses de
sueur. Il oubliait les policiers, Diaz et la grève,
sa blessure et sa fringale. Sous ses yeux il avait
une fille merveilleusement nue et une fille de
la famille Torca, alliée de celle des Diaz. Il
croyait rêver et des idées toutes faites que les
gens lui avaient inculquées s'affolaient dans sa
tête. Ce qu'il comprenait le moins : comment
pouvait-elle ? Quand les femmes allaient se bai-
gner dans le torrent qui descendait des monts
voisins, elles enfilaient des peignoirs en sortant
du bain et personne n'aurait eu l'idée de prendre un bain de soleil. Est-ce que le curé, le padre

José qui fréquentait leur maison savait cela ? Et
qu'en disait sa belle-mère, la belle Manuela ?
Ce n'était que sa belle-mère, mais tout de
même ! Le plus surprenant était aussi que cette
fille ne portait pas de soutien-gorge. Elle ne faisait pas comme les autres filles du bourg, elle
agissait à sa guise. Il restait accroupi sur ses talons, le corps en feu.

Une fille ne lui avait jamais offert, même in-
volontairement sa nudité complète. Il était un
homme, depuis un an, une fois qu'une gitane
s'était offerte pour quelques pesetas dans les
champs d'oliviers. Il avait recommencé avec
d'autres et souvent contre de l'argent. Les filles
du sud sont tellement chapitrées, épouvantées
par leur famille et les prêtres que ce n'est guère
possible d'avoir avec elles des occasions amoureuses. Des caresses peu compromettantes, un
baiser attendu des jours et des jours ou plutôt
des nuits et des nuits auprès des fenêtres, tout
ce que l'on pouvait espérer d'elles. Les femmes
de peu de vertu sont tellement méprisées que
ces mœurs sont compréhensibles. La pudeur at-
teint des proportions qui font rire les étrangers.
Cela va jusqu'à interdire les maillots de bains
deux pièces et les bains de soleil. Tant et tant

que l'hygiène même s'en trouve malmenée.

Ce qui troublait le garçon, c'est que cette impudeur de la jeune fille avait quelque chose de sain. Ses sens bouillaient mais la vue de ce corps parfait, bronzé jusque dans les coins les plus intimes contentait autre chose en lui.

Elle resta là jusque vers les cinq heures, qui en Espagne sonnent la fin de la sieste. Elle se hâta et à nouveau il l'eut debout et nue devant lui. Elle était de côté. Il détaillait les seins ronds et au bec tendu, le ventre finement caréné qu'une tache sombre creusait à la fourche des deux jambes longues, fuselées.

Sa croupe se tendit, parut jaillir tandis qu'elle enfilait son slip. Elle souriait comme satisfaite elle-même de sa jeune beauté. Elle passa sa robe, roula sa couverture, alla la cacher dans un angle du mur.

Perico se hâta de disparaître quand des pas rapides coururent vers lui.

CHAPITRE II

Le salon était la seule pièce de la maison qui puisse encore rappeler l'ancien temps de splendeur de la famille Torca. Ailleurs ne restaient que les murs, quelques vieux meubles dont aucun marchand n'avait voulu. Le padre José venait d'entrer dans le salon, introduit par la vieille Pilar qui éternellement marmonnait entre ses dents gâtées.

Manuela entra et eut pour le prêtre un sourire las. Un sourire qui avait l'air de signifier au gros homme rouge aux petits yeux fouineurs qu'on le recevait parce qu'il était la seule distraction d'une vie qui promettait de mettre des années et des années à languir dans une demi-misère triste. La dévotion de Manuela avait quelque sincérité, mais ce qu'elle n'aurait pas avoué en confession, c'était que cela distrayait quelque peu.

« Asseyez-vous, mon père. Pilar va nous apporter un peu de « clarete » frais. »

Le clarete est du vin rosé. Le padre José en
était friand mais pour l'instant la vue de la
jeune femme lui suffisait. Elle portait une robe
noire, sans autre parement. Le haut en était sé-
vère, sans nulle concession pour une poitrine
qui se devinait épanouie et d'une fermeté riche
en surprises. Manuela n'avait que trente-deux
ans. Pour les Espagnols du sud, c'est déjà un
âge assez avancé. Surtout pour ceux qui pei-
nent sous le dur soleil qui détruit en quelques
années une fille splendide. Manuela n'avait jamais beaucoup travaillé, ne sortant que très rarement en dehors du parcours maison-église. Sa
peau était blanche. Celle de son cou et celle de
ses bras mi-dénudés.

Le padre avait plusieurs fois lutté contre ce
plaisir qu'il éprouvait à rejoindre la jeune
veuve et sa belle-fille. Il capitulait chaque soir
ou presque, et au cours de cette entrevue
s'efforçait de n'avoir que des paroles de piété.

« Et Lucia ? Dort-elle encore ? L'oisiveté est
source de bien des péchés. Elle pourrait com-
mencer une broderie pour la chapelle de Saint
Jacques de Compostelle. Cela l'occuperait. »

La jeune femme pinça les lèvres. Il en parlait
à son aise, le padre José mais pour mener cette
nature exubérante de la jeune fille il aurait
fallu une poigne de fer. Mais elle préférait la
laisser aller à sa guise plutôt que de mêler trop
imprudemment le père José à leur vie.

Que lui importait que la jeune fille passe son
temps dans sa chambre à parader devant un
vieux miroir étoilé. Elle était débarrassée de sa
présence et pouvait rêver de longues heures.
Elle rougit violemment. Si le père José surprenait une infime partie de ses rêves, n'en
serait-il pas horrifié ? Elle se plaisait souvent à
imaginer une autre existence, où elle n'était ni
veuve ni embarrassée d'une gamine insupporta-
ble. Elle se voyait au milieu d'autres gens en
compagnie d'hommes qui ne la jugeaient pas
trop âgée.

Au début de son veuvage, son confesseur
avait tenté de la marier. Malgré sa beauté il
n'avait pas réussi à lui trouver un prétendant
acceptable : ce n'était plus une jeune fille et sa
fortune était inexistante. Maintenant le padre
José ne regrettait pas d'avoir échoué : il pouvait à son aise et avec mille remords jeter
des regards rapides sur les jambes gainées

de noir, sur les hanches pleines de Manuela.

Lucia pénétra en coup de vent dans le salon. Avec elle une odeur de fruit mûr, de soleil et de jeunesse.

« Oh ! bonsoir, Padre ! »

Elle se laissa tomber dans un antique sofa qui gémit de tous ses ressorts, découvrant un instant le dessous de ses cuisses rondes. Une chair que le padre trouva bien brune. Elle le regardait dans les yeux avec une ironie que le padre n'aimait pas, comme s'il était percé à jour. Elle rabattit lentement sa jupe et demanda :

« Alors, quoi de neuf dans le patelin ? »

Le prêtre se tourna vers la jeune femme. L'effet de cette dernière sur ses sens était moins brutal, plus subtil.

« Il s'est passé un drame. »

Il ménagea ses effets. Les deux femmes attendaient de lui qu'il continue, avec des figures curieuses :

« Vous savez que les ouvriers agricoles du señor Diaz font grève depuis trois jours ? Un homme qui fait tout ce qu'il peut pour améliorer le sort de ces gens. Enfin... Mais aujourd'hui il y a eu pire. On a failli tuer le señor Diaz. »

Il s'arrêta, vit que son histoire intéressait ses deux paroissiennes et continua :

« Un garçon un peu exalté, un de ces petits voyous que je ne revois pas dans l'église depuis la communion, l'a frappé. Le señor est tombé et sa tête a rudement porté sur une pierre. Il est à la clinique de Murcie et ses jours sont en danger.

— Le garçon, on l'a arrêté ? demanda Lucia.

— Non. Il s'est enfui vers ce quartier mais a dû gagner les collines.

— Qui est-ce ?

— Perico Lapiza. Sa mère est une vieille femme très pieuse mais lui se laisse entraîner par les autres avec lesquels il travaille.

— Perico ? Il a des cheveux noirs frisés ? Grand et des yeux qui rient tout le temps, demanda Lucia avec fougue.

— Lucia ! fit sa belle-mère.

— Vous êtes bien renseignée sur lui, fit le padre José en fronçant le sourcil.

— Bah ! dit la jeune fille. Je l'ai vu plusieurs fois, et vos enfants de Marie ne parlent que de lui.

— Toujours est-il que c'est un assassin.

— Mais il a frappé Diaz sans prévenir ? »

La question embarrassa un peu le padre.

« C'est-à-dire que le garçon avait insulté son patron qui a voulu le châtier.

— Voilà, voilà », fit Lucia.

Elle se leva et sourit parce que le regard du religieux s'égarait dans le tourbillon de sa jupe.

« La police reste dans la ville pour chercher le jeune homme, dans le cas où il se cacherait. Je suis sûr qu'il y aura des gens pour le dissimuler chez eux.

— N'est-ce pas normal, mon père ?

— Mais ce garçon a tué et doit comparaître devant la justice des hommes.

— Ne faites pas mourir don Luis Diaz si tôt mon père. De toute façon il n'a pas volé ce qu'il a eu. Il a une façon si insolente de nous porter un sac d'olives chaque année...

— Voyons Lucia, gronda Manuela. Nous sommes bien contentes qu'il soit si bon avec nous. »

Ses paroles lui venaient aux lèvres parce que le prêtre était là, mais elle-même souffrait de l'insolence du gros propriétaire. Cette insolence avait son origine dans un fait qu'elle tenait secret. Un jour le señor Diaz avait cru profiter de sa solitude alors qu'elle le recevait dans le sa-

lon. Elle avait failli céder parce que tout son
corps attendait avidement des caresses. Seule la
face congestionnée de Diaz l'avait soudain ren-
due de glace. L'homme ne s'était pas privé de
l'insulter mais pour la galerie il continuait ses
offrandes qu'il s'ingéniait à rendre offensantes.
Ainsi pour les olives, l'homme de peine avait
crié depuis la rue :

« Señora, voilà les olives que vous donne
mon patron. »

Toute la rue avait dû en rire sous cape et
l'homme récolter pour sa peine insolente quelques pesetas.

Le padre se leva. Il avait plusieurs personnes
à visiter.

« A demain donc, à l'office ? »

*

Il était parti depuis une demi-heure quand
Pilar pénétra dans le salon, l'œil courroucé.

Les deux femmes étaient silencieuses. Lucia
lisait un magazine qu'on lui avait prêté et doña
Manuela rêvait à son habitude.

La vieille servante fonça vers la jeune fille :

« Qu'est-ce que tu en as fait ? »

Lucia se mit à rire de voir les yeux fulgurants de la Pilar.

« Fait de quoi ?

— La grosse miche de pain que je venais
d'acheter. Une miche toute fraîche. Et un plein
bol d'olives ? Tu as profité de ce que j'étais
chez la voisine qui va avoir un petit pour faire
ta petite voleuse ? Rends-les moi. »

Lucia fronça imperceptiblement le sourcil.
Manuela les regarda d'un air absent.

« Tu n'as qu'à aller en acheter un autre.

— Avec quels sous, hein ? Avec mes gages,
peut-être ?

— Oh ! la vilaine avare ! Tant pis, on ne
mangera pas de pain.

— C'est toi qui a pris le pain et les olives ? »
Elle fit signe que oui.

« Qu'en as-tu fait ?

— J'en ai mangé un morceau.

— Pas du tout, il faisait quatre livres, ce
pain.

— Je l'ai ensuite donné au manchot, celui
qui joue de la guitare avec une seule main et la
bouche. Il n'était même pas content parce qu'il
aurait préféré des sous. Pour aller boire du
vin. »

Pilar leva les bras aux cieux et s'en alla dans son antre sombre, la cuisine. Manuela sortit de son rêve :

« Tu lui racontes toujours des histoires à dormir debout. Elle est déjà vieille et a toujours eu l'esprit simple. Tu vas achever de la rendre idiote. »

Lucia ne répondit pas. Ses yeux avaient une expression malicieuse qui échappa à sa belle-mère.

CHAPITRE III

ELLE se mit debout sur sa fenêtre. Sa chambre
était derrière la maison et donnait sur l'ancien
quartier résidentiel de la ville qui maintenant
tombait en ruines.

Elle se détendit et franchit, de loin, la lar-
geur de la ruelle qui la séparait d'une terrasse
délabrée. Le vol dont la vieille servante avait
été l'objet l'avait intriguée. Il y avait aussi cette
impression qui ne l'avait pas quittée lorsque
quelques heures plus tôt elle avait pris son bain
de soleil. L'impression que quelqu'un l'observait. Or qui pouvait se cacher dans ces ruines ?
Et qui pouvait avoir pris le pain et les olives ?

Elle progressa rapidement dans le soleil cou-
chant, se méfiant de son ombre qui la précé-
dait. Elle chercha longtemps avec patience. Jusqu'à ce qu'elle trouve une trace. Des miettes de
pain.

Elle découvrit le voleur de Pilar, assis contre
le mur bas d'une terrasse cachée, se taillant de
larges tranches de pain et puisant de ses doigts
dans le bocal des olives. Il avait aussi fauché un
couteau !

Elle courut, sauta du mur et retomba assise
devant Perico. Il faillit s'étrangler avec la mie
de pain qu'il avait engouffrée goulûment dans
sa bouche.

Elle se mit à rire.

« Elles sont bonnes ? »

Il avala difficilement.

« Les olives ! Méfiez-vous qu'elles ne vous
étranglent. C'est le señor Diaz qui nous les
fournit. »

Elle plongea sa main dans le bocal et se mit
à en grignoter.

« Si vous voyiez la tête de Pilar, notre servante... Vous ne seriez pas rassuré. Vous êtes
bien Perico ?

— Oui, dit-il péniblement. La surprise le
laissait encore tout penaud.

— Dites donc, vous n'avez pas l'air aussi
hardi que le disent les enfants de Marie du padre José. C'est vrai que vous voulez toujours en
embrasser une et que vous passez des nuits à

attendre sous leurs fenêtres ? Donnez-moi du pain. »

Il tailla une grosse tranche dans la miche.

« Vous aviez faim ? Vous êtes blessé ? La police ? Voyons. »

Elle regarda sa main, en la prenant dans les siennes. Cette chair chaude la surprit et elle serra inconsciemment, ce qui fit pâlir le garçon et couler la plaie.

Elle sortit son mouchoir de son sein et le noua sur la plaie.

« Tout à l'heure j'irai chercher des chiffons propres pour arranger ça mieux. Il faudrait la désinfecter. »

Elle remarqua le regard du garçon sur la naissance de ses seins. Elle rougit légèrement, lâcha à regret sa main.

« Vous étiez là tout à l'heure ? »

Il fit signe que oui.

« Quand je suis venue cet après-midi ? »

Nouveau signe de tête.

« Vous n'êtes pas muet ? Vous m'avez regardée ?

— Oui. »

C'est étrange. Savoir qu'il l'avait vue nue. Elle le regarda en dessous :

« C'est pour cela que vous restez près des fenêtres des filles la nuit ? »

Il sourit. C'était un beau garçon avec ses cheveux frisés, sa bouche rouge un peu molle et sa
figure maigre. Elle avait eu envie de lui embrasser la main, maintenant elle regardait ses
lèvres. Lui les siennes.

Elle approcha son visage doucement et posa
ses lèvres sur les lèvres de Perico. Il voulut la
prendre dans ses bras, mais elle se recula avec
un sourire :

« Chut. »

Et elle mit un doigt sur sa bouche.

— Vous m'avez regardée tout le temps ?

— Oui.

— Vous n'avez pas eu envie de venir avec
moi ?

— Si. »

Cela la troublait de parler de ça. Le soleil se
couchait dans un bain pourpre qui les illumi-
nait. Il se glissa auprès d'elle et ils furent
épaule contre épaule. Elle tendit ses lèvres. Elle
les gardait closes. Il voulut les ouvrir de sa langue. Elle s'écarta étonnée :

« C'est comme ça ? »

Il sourit en faisant signe que oui. Elle le

laissa faire. C'était étrangement troublant et c'était comme si cette bouche qui fouillait la sienne avec fougue fouillait tout son corps. La main du garçon se glissait dans l'ouverture de son corsage. Perico était pressé de caresser ces seins qu'il savait libres sous la robe.

« Non. Attends. »

Elle s'écarta et piqua une olive. Elle commença de la ronger puis embrassant le garçon elle la lui glissa dans la bouche.

« C'est bon ? »

Perico n'analysait plus ses sensations. Il vivait dans un monde enchanté depuis que cette après-midi il l'avait surprise sans ses vêtements. Il avait ensuite vu le départ de la servante Pilar et était descendu dans la rue pour se rendre dans la cuisine. Il était affamé. Il avait entendu du bruit et était remonté se cacher.

« Pourquoi es-tu torse nu ? » demanda-t-elle.

Elle venait de hasarder une main sur l'épaule de son compagnon que cette caresse troublait jusqu'à l'âme.

« J'ai déchiré ma chemise pour boire et pour faire ce pansement. »

Il lui expliqua l'histoire du puits.

« Je t'apporterai un récipient et de la ficelle.

— Vous êtes gentille.

— Tu es gentille... Dis-moi tu. Je suis contente que tu aies tapé sur Diaz. C'est un sale bonhomme.

— Vous... Tu ne sais pas s'il est mort ?

— Je ne crois pas, malheureusement. »

Il soupira d'aise. Il préférait qu'il en soit ainsi et que l'homme en réchappe. Il se pencha vers la jeune fille. Jamais on ne lui avait offert sa bouche de la sorte. Il la reprit. A nouveau sa main frôla la poitrine de Lucia, mais elle garda la main téméraire entre les siennes.

« Je vais rentrer. »

Il resta silencieux.

« Pour manger, et puis je reviendrai ce soir. Tu as besoin d'une couverture, n'est-ce pas ?

— Il ne fait pas froid la nuit. J'ai trouvé un coin.

— Tu ne crains pas le froid de la nuit ? Tu as l'habitude avec les autres filles. Tu les embrassais comme ça ? »

Il fut sincère en disant que non. Les baisers avec Lucia avaient une plénitude inattendue.

« A tout à l'heure. »

Il l'attira contre lui, la renversa et elle eut son poids chaud et dur sur elle.

« Laisse-moi, chuchota-t-elle, je vais revenir. »

Il la laissa aller.

*

Il attendit deux bonnes heures. Elle revint
apportant tout ce qu'elle lui avait dit.

« Tu fumes ? Tiens ce paquet de cigarettes.
C'est pour le padre José quand il vient mais il
en achètera s'il en veut. »

Il étendit la couverture sur le sol et lui demanda de venir avec lui. Elle s'allongea tandis
qu'il glissait un bras sous sa nuque.

Il chercha ses lèvres et les mordilla. Dans
l'obscurité chaude il voyait luire l'arrondi de sa
joue, le lobe tendre de son oreille. Il le happa
ce qui fit frémir la jeune fille. Elle le repoussa,
se redressa et s'assit.

« Je veux fumer une cigarette. »

Elle l'irritait mais c'était la même chose avec
les filles de son âge. Quand elles se sentent en
danger elles cherchent une échappatoire.

« Qu'est-ce que tu vas faire ? dit-elle en lui
soufflant sa fumée au visage. Tu ne peux rester
éternellement ici ?

— Ma mère a dû alerter mon frère. Tu sais, Pablo est un homme riche. Il vit avec les toréros et il gagne beaucoup d'argent. Il saura me cacher. Quand il saura ce qui s'est passé il viendra au pays et me donnera de l'argent pour que j'aille dans une ville du Nord. Peut-être Barcelone, peut-être Madrid.

— Une ville ! » s'exclama-t-elle.

Le rêve de sa jeunesse impétueuse. Ces villes dont les magazines offraient de luxueuses photographies ruisselantes de lumières et de joie de vivre l'attiraient. Elle aurait sans regret abandonné son indifférente belle-mère, cette à moitié folle de Pilar pour partir à l'aventure. Elle aurait aimé être danseuse, ou chanteuse. Elle était jolie et se comparait quotidiennement aux plus jolies filles qui avaient l'honneur des revues. Elle se pencha vers le garçon :

« Tu crois qu'il viendra tout de suite, ton frère ?

— Oui, mais il faudra que ma mère lui écrive. Je me demande comment puisqu'elle n'a jamais tenu un porte-plume de sa vie. »

Lucia s'exclama :

« Je vais aller te chercher de quoi écrire, tu

vas faire la lettre et je la mettrai à la poste. Tu
vois comme ce sera plus simple. »

Il secoua la tête :

« Non, car l'adresse de mon frère Pablo est
chez ma mère. Il faudrait que tu ailles la chercher. Si quelqu'un te voit rentrer chez nous on
devinera peut-être que tu sais où je me cache. »

Elle sourit et dans la nuit ses petites dents
pointues brillèrent.

« Je ne suis pas idiote. Je trouverai bien un
moyen de me rendre chez ta mère. Demain au
plus tard.

— Je peux m'y rendre aussi. Je vais traverser par ta maison. Ensuite c'est la terrasse de
Damarico. De nuit il n'y aura personne et je
peux de là gagner les autres quartiers. »

Elle le regarda avec moquerie :

« Et pour faire cela tu dois traverser la
chambre de Pilar qui ne dort que d'un œil
parce qu'elle craint le feu, les voleurs, le ton-
nerre quand il fait si chaud, ou même les reve-
nants. Tu n'aurais pas fait un pas dans sa chambre que tout le quartier serait en alerte. Ou
alors il te faut passer dans la chambre de ma
belle-mère ce qui ne te déplairait peut-être pas.
Quoique, ajouta-t-elle avec une moue dédai-

gneuse, elle est quand même vieille. Je ne crois
pas qu'elle dorme beaucoup elle-même car elle
rêve tout le temps. »

Elle pinça l'épaule nue du garçon qui tressaillit :

« Tu vas rester dans ce coin et demain j'irai
chez ta mère. Maintenant, dit-elle perfidement,
je vais rentrer.

— Oh, pas tout de suite ? »

Elle sentit le bras du jeune homme qui cein-
turait sa taille avec force. Il la renversa vers lui
et prit ses lèvres. Elle lutta mais Perico était
fort. Il la renversa sous lui.

« Laisse-moi ! » souffla-t-elle.

Le jeu l'inquiétait car elle se sentait faiblir.
Ce poids de chair chaude qui lui écrasait les
seins, ce genou qui forçait peu à peu l'étreinte
de ses cuisses, cette bouche qui baisait la
sienne, qui paraissait boire sur la chair de son
cou et de sa poitrine quelque mystérieux breu-
vage suave la laissait pantelante.

Sa robe glissait de sous sa croupe, remontait
à sa taille, elle craquait par endroit car Perico
avait la main peu délicate. Elle gémit un peu,
parce que le tissu se déchirait, pour éviter de
pleurer sur ce qui lui arrivait.

« Je vais crier ! » pensa-t-elle tout haut et la bouche de Perico se riva à la sienne jusqu'à l'étouffer.

Ses cuisses étaient nues et une main rapide en pétrissait la pulpe douce depuis les genoux jusqu'à la fourche délicate. Elle mordit avec une telle cruauté dans les lèvres du garçon qu'il rejeta la tête en arrière. Elle profita de ce qu'il lâchait prise pour se redresser. Il la culbuta à nouveau et elle se renversa à plat ventre.

Perico dans toute l'ignorance que quelques rencontres furtives avec des gitanes avaient laissé presque intact, trouvait instinctivement toutes les ruses du mâle. Il la maintint maladroitement sous lui, la face contre la couverture, la mordilla sous l'épaisse toison de ses cheveux, dans le tendre de la nuque. Il perçut le frisson qui la parcourait, qui filait dans la ligne dodue de son dos. Il retroussa sa robe lui mettant à nu la croupe qui éclatait dans le triangle réduit du slip. Il colla ses lèvres humides entre les deux omoplates qui instinctivement parurent se contracter.

Elle parvint enfin à se retourner. Elle n'était plus ni fâchée ni inquiète. Pour elle c'était un jeu qui prolongeait étrangement les jeux plus

sages de son enfance. Cette lutte où les brutali-
tés et les caresses se confondaient, la ravissait et
elle voulait en prolonger le charme avant que
le garçon ne gagne trop facilement la partie.
Elle soupçonnait, assez imparfaitement d'ailleurs, que lorsque Perico serait arrivé à ses fins
s'ouvrirait alors, avec l'éclatement de sa chair
intime, une deuxième partie de son existence.
Déjà elle pressentait que cette nouvelle période
la lierait tout entière à la recherche d'un plaisir constant. Elle luttait pour la seule joie de
garder à cette heure-là une éphémère plénitude.

Perico ne comprenait pas très bien cette
suite d'attitudes. Il avait pu juger de l'affole-
ment que ses caresses de plus en plus osées don-
naient à cette jeune chair. Il était maintenant
certain que Lucia était pure et que pour la première fois même un homme l'avait regardée
dans les yeux. Il avait en lui l'ivresse de l'in-
venteur, de l'explorateur, de celui qui dans
n'importe quel domaine se sent poussé par le
besoin de créer.

Lucia s'était mise debout, rabattait sa jupe
sur ses jambes et souriait. Il vint à elle mais
elle feinta et s'éloigna :

« Ne pars pas ! gémit-il.

— Ne me poursuis pas, ou je rentre dans ma chambre.

— Je t'ai fait mal ? »

Elle se mit à rire et dans la chaleur écrasante cela faisait l'impression d'une pluie rafraîchissante. Perico était luisant de sueur et elle le trouvait beau. Comme un des ces athlètes antiques, un éphèbe musclé que l'on aurait enduit d'huile parfumée. Ses cheveux noirs tordus par l'humidité de la transpiration, pendaient sur son front. Elle avait dans ses lèvres l'envie de cette chair d'homme pas tout à fait homme.

Elle revint vers lui.

« Ne bouge pas ? »

Il s'immobilisa :

« Si tu me jures de ne pas bouger, je reviens vers toi. Sinon je rentre.

— Je jure. »

Elle fut aussitôt près de lui. Sa tête arrivait au menton de Perico et câline elle frôla de ses lourds cheveux le cou musclé. Il étendit une main et elle fit un saut de côté.

« Non, je ne bouge pas. »

C'était presque un supplice et elle s'en rendait parfaitement compte. Elle posa ses lèvres

un peu au-dessus des pectoraux, puis parcourut
de tous petits baisers à peine éclos, les lignes
gonflées des muscles jusqu'aux épaules. Perico
respirait fort comme quelqu'un qui souffre.

« Ça te plaît ? »

Il ne répondit pas et elle continua. Cette
peau salée et un peu rude était exactement ce
qu'elle avait imaginé. Elle pensait avec un peu
de pitié aux autres filles, celles que Perico avait
pu courtiser et qui ignoreraient longtemps, si
ce n'était jamais, la volupté de ces caresses.

Il eut soudain contre le bas de sa poitrine le
poids de cette tête et du fardeau de ses cheveux
sombres. Cela lui coupa le souffle tant ce geste
avait quelque chose d'une intimité totale. Elle
le força à s'allonger sur la couverture et elle
conserva sa tête dans le creux tendre.

Il commençait de douter :

« Tu as déjà eu... un amant ? »

Les gouttelettes de pluie de son rire l'écla-
boussèrent :

« Enfin un garçon avec qui tu as fait certaines choses... sans aller trop loin ? »

Elle était si heureuse d'avoir réussi à l'étonner de son adresse qu'elle se dressa à sa hauteur
et l'embrassa légèrement sur les lèvres.

« Mais non. Des fois je pensais. J'imaginais d'autres choses que ce que je lisais dans les revues. Tu sais ? Les rendez-vous au clair de lune, les longs baisers ? C'est tout ce que l'on trouve dans ces livres. Moi je pensais à ce qui suit ces baisers et ces rendez-vous.

— Il reste encore bien à faire.

— Je sais, mais on a le temps. »

Il gémit. Elle peut-être, mais pas lui ! Il était de feu et sans son innocence ou son jugement elle aurait pu s'en rendre compte.

« Maintenant, dit-elle, tu vas dormir et je vais aller me coucher. Des fois quand Pilar craint l'orage elle vient voir si mes volets sont fermés. Quel scandale si elle ne me trouvait pas dans mes draps. Le quartier passerait la plus belle nuit blanche de son existence. »

Il rit, mais sans entrain.

« Bonsoir, Perico mio. »

Elle prolongea le baiser, cherchant à fondre leurs bouches, leur haleine. Elle se dressa ensuite, légère et fuyante. Il la vit sur une des murettes qui lui faisait signe. Elle disparut dans la nuit.

CHAPITRE IV

PILAR apportait la cafetière et le pichet de lait de chèvre. Doña Manuela emplit son bol et le but distraitement. Elle s'étonna enfin de voir que sa belle-fille boudait son déjeuner.

« Qu'as-tu ? Tu ne te précipites pas sur les tartines ? »

Lucia tressaillit et fit semblant de mordre dans une tranche de pain que Pilar faisait griller devant les braises et que les deux femmes mangeaient sans beurre par économie. Mais le cœur n'y était pas. Après cette réflexion, Manuela estima suffisant d'avoir accordé quelques secondes son attention à la jeune fille et Lucia respira de la voir repartir dans son monde de rêves, qui parfois dilatait étrangement la lourde poitrine de la jeune femme.

Lucia était fatiguée et quelque peu angoissée. Une angoisse qui poignait son ventre comme une chose vivante et parasite.

Dans la nuit Perico avait pénétré dans sa chambre et elle était devenue sa maîtresse. Non, il ne l'avait pas surprise dans son sommeil. Elle avait même guetté son arrivée et cela à partir du moment où elle s'était retrouvée dans son lit. Sur la pierre dure des terrasses elle avait été capable de lutter, de prolonger le jeu étrange des caresses inachevées et des violences tendres.

Elle ne s'était pas méfiée du piège que lui tendait son lit. Quand elle s'était retrouvée en chemise de nuit dans les draps qui lui paraissaient trop lourds, elle avait eu un désir violent d'être dans les bras de Perico, dans ce lit, de sentir leurs corps et leurs membres emmêlés. Elle était certaine que le garçon la guettait depuis l'autre côté de la ruelle et au bout d'une heure de lutte, de soupirs, elle s'était levée et avait simplement fait signe de la main. Il avait sauté dans la chambre et, rapidement dévêtu, s'était glissé à ses côtés.

Elle-même avait cherché l'étreinte finale, l'avait provoquée avec des caresses dont elle ne se serait jamais cru capable. Dans la nuit complice ses mains malhabiles avaient exploré le corps de Perico, avaient fini par se réunir sur le

ventre plat, musclé, abordant timidement l'épi
brûlant qui s'y dressait, ne sachant comment
l'honorer, lissant avec appréhension du bout
des doigts, la partie la plus charnue de ce fruit
impudique. Le garçon paraissait apprécier, le
lui disait d'une voix haletante en parcourant
son corps de baisers.

Et puis il l'avait écrasée sous lui, ouvrant ses
jambes de ses genoux, présentant sa force fié-
vreuse au plus intime d'elle-même. A ce
moment-là, prise d'une panique ancestrale, elle
avait voulu le repousser mais il était trop tard.
Une douleur qui était différente de toutes les
douleurs connues montait de son ventre, une
douleur ambiguë qui recelait un plaisir diffus,
plaisir qui au fil des étreintes devint plus évi-
dent dans le courant de la nuit.

Ils n'avaient pas pris le temps de dormir, le
jeune garçon étant constamment tendu vers elle
et Lucia ayant hâte de sortir de cet état inter-
médiaire entre la vierge et la femme, désirant
basculer totalement dans son avenir d'amoureuse exigeante.

Elle sourit. Sans ironie. L'acidité juvénile
qui était la dominante de son caractère était
restée dans les draps qui avaient caché son ini-

tiation. Elle sourit parce qu'elle avait tant
exigé de Perico qu'il dormait profondément
dans le lit, n'ayant pas eu le courage de la quitter pour gagner le dédale des terrasses en ruines. Heureusement que Pilar ne faisait jamais
la chambre et qu'elle craignait trop les escaliers
raides menant aux étages pour mettre le couple
adolescent à la merci d'une surprise.

Elle cherchait l'origine de son angoisse et ne
lui en trouvait qu'une : l'obligation de cacher à
tous qu'elle n'était plus fille mais femme. Elle
était trop vive, trop franche pour accepter de
dissimuler sa transformation. Et une Manuela
un peu plus réaliste eût pu voir sur son visage
une joie nouvelle, une joie non exprimée par
les traits mais une joie installée, maîtresse de ce
corps sensuel.

Elle but un bol de café puis fit semblant de
rapporter la cafetière à la cuisine. Elle vida une
partie du café dans le bol, le cacha dans l'escalier puis, après avoir déposé le reste dans l'antre d'une Pilar énervée par la chaleur, remonta
dans sa chambre.

Perico dormait nu et elle referma la porte à
clé, s'adossa contre. Elle le voyait ainsi pour la
première fois car ils s'étaient finalement endor-

mis avant l'aube et le garçon venait de piler le
drap au fond avec ses pieds. Elle ne réussissait
pas à lui trouver figure d'intrus à ce corps de
garçon étalé dans son propre lit. Elle eut conscience qu'un autre garçon ne l'aurait pas plus
choquée que Perico. Ce n'était pas lui qu'elle
aimait mais son enveloppe d'homme.

Un homme qu'elle découvrait au repos avec
un brin d'amusement et d'inquiétude. Durant
la nuit elle n'avait eu la pensée que Perico
pourrait faiblir dans son rôle d'amant et elle le
voyait innocemment offert, peut-être impudique,
mais certainement pas arrogant. Elle souhaita
voir en pleine lumière ce qu'elle avait seulement caressé dans la complicité des heures noi-
res. Elle fit quelques pas, s'agenouilla auprès du
lit, avança sa main droite mais la retira avant
d'avoir même effleuré la hanche.

Elle récidiva et Perico soupira un peu dans
son sommeil, tourna la tête de l'autre côté. Elle
avait placé sa main sur son ventre à quelques
centimètres de son bourgeon de chair. Elle
avança un doigt, un autre, fit une moue de déception devant tant de mollesse. Puis toute sa
main se referma en une sorte de coquille sur
cette chair apparemment inoffensive. La réac-

tion fut si soudaine qu'elle tressaillit de voir se
développer à son insu ce rejet vibrant, inquiétant encore pour elle. Perico dormait toujours
et un peu effrayée elle l'embrassa sur la bouche.
Il sourit de la découvrir à son chevet et par jeu
elle dénuda ses seins pour lui en caresser le visage. Il happa leurs pointes entre ses lèvres, l'attira sur lui. Quand il écarta la robe de chambre sur son corps et qu'elle comprit ce qu'il attendait d'elle Lucia en fut quelque peu surprise. On pouvait donc s'aimer ainsi, la femme
prenant la place de l'homme ? Bientôt elle
en fut persuadée et conquise par sa décou-
verte.

Elle ne perdait pas de vue son secret objectif
et il ne put rien répondre quand elle déclara
ensuite :

« Aujourd'hui je vais aller chez ta mère. »

*

Deux heures, le plein feu du soleil inonde le
ciel et déborde sur la terre coulant le long des
murs ancestraux du gros bourg, raréfiant l'air et
lui donnant la transparence d'un verre épais.
L'horizon du ciel blanc et de la terre aride

fume dans le fond d'une campagne tachée d'oasis, de jardins et de terres ingrates.

Lucia descend tranquillement, mais avec silence, le court perron de sa maison. Dans les rues en désordre, qu'elles soient orientées au sud, au nord, à l'ouest ou à l'est, la silhouette fine de la jeune fille est traquée par le soleil en furie. Des vols compacts de mouches se lèvent, indolemment, sous ses pas. Chacun dans le bourg s'emploie à une sieste laborieuse à cause de la chaleur. Nul n'est derrière les contrevents pour s'étonner de la présence de Lucia à cette heure insoutenable. Personne n'ose penser qu'il est quelqu'un d'assez fou pour se hasarder au dehors.

Elle trouve rapidement la maison des Lapiza. Une masure à un étage, lépreuse à souhait, avec des moustiquaires de raphia tressé. La porte, une toile de sac à cause des mouches, écartée, c'est une sorte de cave où l'humidité lutte contre la fournaise et où les mouches invisibles s'agglutinent en bourdonnant au plafond. L'âtre où brûlent quelques branches d'olivier jette des lueurs fauves qui éclairent les paquets d'oignons accrochés au mur, une antique jarre à olives, deux outres à eau.

Une forme se lève et approche de la jeune
fille :

« Les mouches ! Laisse tomber la toile, niña. »

Une face flétrie de rides sous la mantille
épaisse de couleur noire, s'avance vers Lucia un
peu intimidée. Deux yeux noirs la fixent, deux
pupilles occupant sans restriction les orbites
profondément creusées. Un vague air de res-
semblance avec Perico.

La pièce n'est plus éclairée que par le feu
dans la cheminée. La vieille femme va le tison-
ner et se retourne vers sa visiteuse :

« Je crois te reconnaître. Tu es des Torca
n'est-ce pas ?

— Oui, je suis la jeune Lucia. »

Elle se tourne vers la porte de toile :

« Sommes-nous seules ? »

La vieille se met à rire.

« Tout le monde dort dans le village sauf
peut-être quelque vieux comme moi qui pense
et qui ne peut trouver le sommeil. Que veux-tu
me dire ? »

La fille se penche et murmure à l'oreille de
la señora Lapiza :

« J'ai vu votre fils Perico... Hier au soir et
aussi ce matin.

« — Tu l'as vu ? Où ?

— Dans le vieux quartier abandonné, tout près de chez nous. »

La vieille glousse de contentement :

« Je m'en doutais. Il aimait tant y jouer il y a seulement quelques années quand il n'était qu'un muchacho. Que t'a-t-il dit ? Il s'est conduit comme un imbécile.

— Il est blessé à une main. Un coup de feu mais ce n'est rien. Il ne peut rester éternellement là-bas. On finirait par se douter qu'il s'y cache. Si d'autres muchachos vont aussi jouer à la guerre là-bas ?

— Alors que veut-il ?

— Ecrire à son frère... Pablo... qu'il vienne lui donner de l'argent et l'amène dans les villes.

— Oui ? Facile à dire ça. Tu sais ce qu'il fait mon Pablo ? Valet d'un toréro et d'un bon. Il gagne dans une corrida ce que Diaz donnait à Perico en trois mois. Voilà. Et toi, qu'est-ce que tu viens faire là-dedans ? »

La question prit de court la jeune fille. Elle ne sut que répondre. La vieille se mit à rire. Elle revint à son foyer et y jeta des brindilles :

« Tu le trouves joli hein ? Il a mes cheveux

quand ils étaient noirs et mes yeux. Beau garçon. »

Lucia ne répondit pas.

« L'aîné aussi. Si tu voyais l'aîné. »

Elle trottina dans la pièce sombre vers un
buffet de campagne, fouilla dans un tiroir et en
sortit une boîte de pâtisserie qui avait maintenant l'usage de coffret de famille. Elle tendit
une photographie craquelée à la jeune fille qui
s'approcha du feu pour voir. Pablo ressemblait
à son frère, mais il y avait en lui quelque chose
de plus dur. C'était un homme. Elle rendit
l'épreuve.

« Mère, il faut me donner l'adresse de Pablo.
On va écrire et il viendra aider Perico. »

La vieille enfermait ses paperasses.

« Maintenant c'est la saison des corridas
dans le nord et l'adresse que j'ai n'est pas la
bonne. Il faudrait lire un journal pour savoir
où va être le toréro de Pablo à une date fixe et
écrire là. Je ne pense pas qu'il puisse se déranger tout de suite. Pas avant la fin de l'été. Ensuite, il va aller en France, je crois. »

Lucia faisait une moue d'enfant gâtée, qui
restait invisible. Elle avait hâte de quitter le
bourg et de gagner la ville. Périco et son frère

Pablo étaient ses seules chances de pouvoir s'évader de cette vie misérable. Il fallait que cela se fasse vite.

« Si Perico se fait prendre pendant ce temps ? Un frère ne peut-il sacrifier quelques jours pour sauver son cadet ?

— Fille, s'il vient ici tout le monde comprendra qu'il vient pour Perico et les gardes civils seront sur notre dos, nous empêchant de respirer et de faire évader Perico.

— Alors ?

— Pablo lui enverra certainement de l'argent et il pourra partir le rejoindre. »

C'était encore une chance. Lucia accepta mais elle se disait que ni l'un ni l'autre n'avaient l'habitude des voyages et de la ville, et qu'ils risquaient de se faire vite prendre. Pablo enverrait peut-être des conseils.

« Tu t'intéresses bien à lui, ma fille ? Que t'a-t-il fait ? »

La madre devenait intuitive. Lucia eut un rire un peu forcé.

« Comment savoir où va travailler le toréro prochainement ?

— Il faut acheter un journal. Perico sait le nom du toréro. »

CHAPITRE V

Baricio, le bedeau, rejoignit doña Manuela à la sortie de l'église.

« Señora, le padre voudrait vous parler dans la sacristie. »

Elle ne s'étonna pas. Encore quelque menu service à rendre pour la décoration de l'église. Elle pénétra dans la petite pièce comme le padre José ôtait ses vêtements sacerdotaux.

Il lui jeta un rapide regard aigu et fit semblant de ranger des objets en désordre.

« Je n'ai pas vu votre fille à vos côtés. Serait-elle malade ? »

Manuela répondit tranquillement :

« Elle se sentait fatiguée et m'a répondu ce matin au travers de la porte qu'elle préférait rester au lit. »

Le padre resta silencieux. Le bedeau entra, porteur d'une tasse d'où s'élevait un arôme de

café. Le padre le but lentement, avec une sorte
de mine gourmande qui indisposa Manuela.

« Fatiguée ? Qu'a-t-elle donc ? »

Manuela se sentit mal à l'aise de la curiosité
du prêtre. Ne pouvait-il montrer un peu plus
de discrétion ? Il essayait par trop de s'immis-
cer dans leur vie et cela lui déplaisait.

« Je ne sais pas. C'est une jeune fille. »

Il hocha la tête. Enfin, après avoir remis la
tasse entre les mains tendues du bedeau, il attaqua :

« Chère señora, j'ai une chose importante à
vous dire. Très importante. »

Le bedeau s'éclipsa avec componction.

« Voici. Votre belle-fille a été vue hier vers
les deux heures en pleine rue du village, alors
qu'il n'y a personne pour oser se risquer au dehors avec cette canicule. »

Manuela ne put s'empêcher de hausser les
épaules, ce qui n'échappa pas à don José qui en
fronça les sourcils.

« Cela vous indiffère ?

— Pas exactement, mais cette fille est d'un
tempérament assez curieux et je suis certaine
qu'elle n'aime rien faire comme tout le
monde. »

Cette réponse ne pouvait plaire au padre. Il
se contint.

« Trop de liberté à cet âge peut nuire.
Avez-vous remarqué le teint bronzé de votre
fille ? »

Le regard de Manuela se fit ironique. Tout
le monde en cette saison était plus ou moins
brun de visage, mais ce n'était certainement
pas du seul visage, que le padre voulait parler.

« Il se peut qu'elle se fasse brunir dans sa
chambre quand le soleil y donne.

— Peu importe, de toute façon ce n'est pas
de ça que je veux parler aujourd'hui. Savez-
vous où elle se rendait hier après-midi ? »

Elle le regarda sans curiosité affichée et il
prit un peu la mouche :

« Chez une vieille femme qui s'appelle Lapiza. Cette femme est la mère de ce Perico qui
a failli mettre fin aux jours du señor Diaz qui
heureusement va bien mieux, j'ai eu des nouvelles hier au soir.

— Peut-être allait-elle lui porter quelque
menue monnaie. Elle est peut-être charitable,
mais je ne m'en suis jamais doutée. Elle est si
fantasque. »

Le père secouait lentement la tête.

« Elle y est entrée les mains vides et en est ressortie les mains vides. J'ai la señorita Perez qui habite en face et qui a pu tout voir depuis chez elle. »

Une grande dévote, à la langue aiguisée et au regard fouineur sous sa mantille noire. Le service de renseignements du prêtre.

« J'ai réfléchi à la chose. Vous n'ignorez pas que ce voyou de Perico a disparu dans le vieux quartier abandonné qui touche à votre demeure ? J'ai bonne souvenance des lieux et je crois que quelqu'un d'agile peut traverser d'un saut l'étroite ruelle de derrière et se trouver ainsi dans le vieux faubourg. »

Manuela ouvrait ses grands yeux, mais sa curiosité ne pouvait en détruire une certaine langueur voluptueuse que le prêtre trouvait dangereuse.

« Imaginons que votre belle-fille ait été en contact avec ce Perico. Vous dites qu'elle est fantasque ? Raison de plus pour ne pas faire comme tout le monde et venir le dire à la police ou à la rigueur à moi-même. Imaginons encore qu'elle ait décidé de l'aider à s'enfuir. Elle va chez la mère chercher quelques provisions, quelque argent. »

Manuela plissa ses lèvres rouges en un sourire ironique :

« Vous venez de dire, que selon la señorita
Perez, ma belle-fille était sortie les mains vides
de chez la vieille femme.

— Un billet de banque peut se cacher facilement. Voyons, señora, Diaz est pour vous une
sorte de...

— Bienfaiteur ? »

Le ton ironique inattendu chez cette femme
apportait une brève panique dans l'âme de
l'homme. Il se ressaisit.

« Je ne cherche pas à vous rappeler que vous
vivez des temps difficiles, mais il serait tout de
même anormal et coupable surtout, que votre
belle-fille dont vous avez la charge matérielle et
surtout morale, soit la complice de l'assassin de
ce brave homme.

— Mais il n'y a aucune preuve à ce que vous
dites ?

— Hélas, le soupçon y est. Je vais être obligé
de donner ces renseignements à la police. Je
ne les ai pas eus en confession mais en tant
que citoyen. Je suis obligé de faire mon de-
voir.

— Ce qui veut dire que quelques policiers

mal embouchés et grossiers viendront perquisi-
tionner chez nous ?

— Non, non, certainement pas, mais ils seront au dehors de chez vous, surveilleront votre
demeure et certainement les gens du quartier
en jaseront. Pensez aux familles qui vous sont
encore fidèles. L'effet en sera catastrophique. »

Manuela réfléchissait rapidement. Evidem-
ment il y avait quelque chose de louche dans
l'attitude de Lucia. Si les familles qui les aidaient matériellement s'en montraient cho-
quées elles n'auraient plus rien pour vivre. Il
fallait agir mais le prêtre, lui, semblait pousser
les choses bien loin.

« Je vais voir ce que Lucia faisait hier au
soir dehors. Je pense qu'elle saura me rensei-
gner sans équivoque.

— Je viendrai ce soir chez vous pour me
rassurer complètement », proposa le padre
José.

Les lèvres de la jeune femme retrouvèrent
leur ironie inhabituelle :

« Je ne serai pas là ce soir. Il sera assez tôt à
la messe de demain ? »

Il eut un geste d'impatience aussitôt réprimé.

*

Lucia déjeunait rapidement. Elle attendit que sa belle-mère ait terminé pour enlever la cafetière et les bols.

Manuela la suivit des yeux distraitement. Lucia passait dans le corridor où se tenait l'escalier. Il y eut un léger tintement auquel elle ne prit pas garde tout de suite. Quand elle se rendit dans la cuisine, Pilar ronchonnait :

« Vous buvez plus de café qu'avant. Comment nous en sortirons-nous ? C'est du gâchis.

— Plus de café qu'avant ?

— Oui, la cafetière est presque vide quand vous avez fini de déjeuner. On boira de la tisane bientôt. »

Manuela monta les escaliers. Elle hésita devant la chambre de Lucia. Elle fit une chose dont elle se désapprouva : elle écouta à la porte. Le silence était total; à peine un bruit de respiration peut-être. Elle n'osa frapper et se rendit dans sa chambre à coucher.

Les paroles du prêtre avaient apporté un doute en elle et la disparition du café, inexplicable pour l'instant, achevait de la rendre per-

plexe. Si Lucia voyait ce Perico, est-ce que ces
entrevues se passaient au-dehors dans le vieux
quartier abandonné ou dans la chambre de la
jeune fille.

Son cœur battit plus fort et ce n'était pas sa
responsabilité de belle-mère qui était en alerte.
Une sorte de jalousie plutôt. Déjà elle imagi-
nait, elle devinait les baisers, les caresses que
les deux jeunes gens avaient pu échanger. Elle
sortait de ses rêveries et réalisait l'aubaine que
le garçon aurait pu être pour elle. Un homme
traqué prêt à tout pour pouvoir sauver sa peau.
Un homme dont la complicité était liée à son
désir de vivre libre. Pourquoi ne s'était-elle pas
doutée de cette proie toute proche ? Elle désirait un amant, des amants même. Mais il y
avait son étiquette d'honorabilité qu'il ne fallait pas entacher. Il fallait vivre et on l'aidait à
vivre parce qu'elle faisait une respectable
veuve, pratiquante et taciturne. Sous cette cari-
cature brûlait un volcan qui aurait tout con-
sumé pour le plaisir de quelques minutes. On
la croyait indolente, sans énergie, elle était dé-
vorée de désirs effrénés, d'envies luxurieuses
fantastiques.

Le maigre repas de midi se déroula dans un

silence pesant. Pilar mangeait à la cuisine
parce qu'il lui fallait son antre sombre et non
par souci de ne pas gêner de sa présence ses
maîtresses.

Les mets étaient simples, frugaux. Des pom-
mes de terre cuites sous la cendre, quelques sardines salées arrosées d'huile. Lucia pensait qu'il
lui faudrait de ce déjeuner dérisoire tirer la
nourriture du garçon qui attendait à l'ombre
sur les terrasses du quartier en ruine. Il était
habitué à se contenter de peu mais il lui fallait
un minimum. Elle voulait sortir et pour une visite peu ordinaire. Elle comptait se rendre chez
le señor Garrido qui passait dans le bourg pour
le plus important aficionado des courses de toros. Son fils qui était âgé de vingt ans ne
s'était-il pas distingué dans plusieurs corridas
d'amateurs. La famille Garrido était l'une de
ces « bienfaitrices » qui les aidaient à vivre.
Trouveraient-ils étonnants qu'elle vienne leur
emprunter un journal tauromachique ? Il était
impossible d'en trouver ailleurs dans le bourg.
Même pas à la petite librairie. Les gens qui
s'intéressaient à la chose étaient abonnés à l'un
des trois ou quatre journaux spécialisés qui pa-
raissent en Espagne.

Elle remonta dans sa chambre. Elle portait un petit paquet de provisions et elle alla retrouver Perico qui sommeillait en l'attendant sur la petite terrasse secrète où elle prenait ses bains de soleil. Il mangea avec hâte tandis qu'elle s'étendait nue à ses côtés. Quand il eut bu dans le vieux pichet avec lequel il puisait l'eau, il s'allongea. Ivre de soleil, elle l'attira à elle.

Fébrile elle le dénudait, s'énervait sur le bouton, elle qui n'avait pas vu un vêtement d'homme depuis fort longtemps. Elle le dépouilla avec un acharnement rageur, le trouvant par trop passif. Ah ! il était bien espagnol celui-là et attendait tout de la femme. Depuis leur première nuit d'amour il n'était plus aussi passionné. Lorsqu'il fut nu elle demanda d'une voix haletante :

« Caresse-moi. »

Il y consentit et finit par se prendre au jeu lorsque d'un doigt habile il la pénétra et lui arracha de doux gémissements. En même temps il caressait ses seins et laissait musarder sa main gauche dans ses reins. Il eut même de ce côté-là une curiosité qu'elle trouva tout d'abord humiliante mais qui ajouta bientôt un piment

délicieux aux multiples sensations qu'il
éveillait. Longtemps il prolongea ces jeux,
lui laissant atteindre la plus haute cime du
plaisir avant d'enfoncer en elle son désir exacer-
bé.

CHAPITRE VI

IL était quatre heures et elle arrangeait sa lourde natte de cheveux devant la glace. Elle aviva ses lèvres d'un rouge à bon marché acheté quelques mois plus tôt et qu'elle n'utilisait que dans les grandes occasions. Elle connaissait suffisamment le señor Garrido pour mettre toutes les chances de son côté. C'était un bel homme de quarante-cinq ans, veuf depuis des années et que l'on soupçonnait d'avoir plusieurs maîtresses, à Murcie et dans d'autres grandes villes. Il venait de temps en temps au bourg pour surveiller ses terres, faire du cheval et chasser.

Quand un dernier examen dans son miroir la contenta enfin, elle quitta sa chambre. Perico ne savait pas où elle se rendait.

La propriété des Garrido était en dehors de l'agglomération au bout d'un chemin privé

bordé de pins maritimes. Des adductions d'eau
en faisaient un véritable petit paradis. De nom-
breuses pelouses d'un gazon vert entouraient la
grande maison blanche à un seul étage qui contenait plusieurs patios frais.

Elle traversa les pelouses et s'arrêta soudain,
interdite. Le señor Garrido était devant elle, le
dos tourné, occupé avec un jeune cheval plein
de sang. L'homme était torse nu et en short.
Elle connaissait suffisamment les règles de morale de la bonne société pour prévoir qu'il serait gêné de sa tenue. Elle toussota légèrement,
le jeune cheval fit un écart et s'éloigna au petit
trot. Le señor Garrido se retourna, eut un réflexe de pudeur. Il enfila rapidement sa chemise qui pendait à la branche d'un arbre et la
regarda en souriant :

« Lucia ? Je vous ai connue si jeune que je
peux vous appeler ainsi, n'est-ce pas ? Quelle jolie fille vous faites. Vous excuserez ma tenue
mais je n'attendais personne aujourd'hui et je
suis seul dans la maison. Tout le monde est allé
cueillir les pêches, même les servantes, car on
manque de main-d'œuvre ces jours-ci. »

Il la regarda longuement et elle finit par rou-
gir.

« Venez un peu plus loin, nous boirons des orangeades glacées; je suppose que vous les aimez ? »

Il y avait une table basse et une petite glacière portative dans laquelle, autour des bouteilles, nageaient des glaçons.

« Impoli que je suis ! et comment va doña Manuela ?

— Elle va bien, merci. »

Ils burent en se regardant. Garrido, don Manuel pour les intimes, ne paraissait pas son âge. A peine quelques reflets gris sur les tempes expliquaient qu'il n'était plus un jeune homme.

« Je suis venue », commença-t-elle...

Il attendait avec un sourire.

« Je voudrais m'intéresser aux courses de toros... On a si peu de distractions ici... J'ai pensé que vous pourriez me donner quelques journaux spécialisés... Excusez-moi pour cette liberté.

— Mais non, mais non. Venez avec moi. J'ai tout ce qu'il vous faut dans mon cabinet de travail. Vous allez pouvoir emporter de quoi lire des semaines. »

Elle le suivit avec une pointe d'angoisse. Elle aurait préféré rester au dehors mais la grande maison blanche paraissait si accueillante.

« Vous vous ennuyez beaucoup dans cette ville, n'est-ce pas ? Vous sortez si peu avec votre belle-mère. Tout le monde, je crois, serait content de vous recevoir. »

Lui, il était sincère, mais les autres auraient difficilement supporté leurs vêtements simples et sans éclat. Il posa sa main sur l'épaule ronde et elle tressaillit. Il la guida dans un corridor frais et sombre.

Son bureau était simple et agréable parce qu'il donnait par une large porte-fenêtre sur l'un des patios où plusieurs jets d'eau murmuraient délicieusement, apportant une sensation merveilleuse de calme et de fraîcheur.

« Asseyez-vous là. »

Il n'y avait qu'un petit divan de repos et elle s'assit sagement sur le bord. Il alla chercher une brassée de revues et de journaux. Il les posa entre eux, sur le divan, ce qui la soulagea.

« Tenez, voici un numéro spécial qui fut édité il y a deux ans et qui retrace l'histoire des courses de toros depuis des siècles. Il y a les principaux noms des meilleurs toréros jusqu'à nos jours et... »

Sur ce sujet, il devait être intarissable. Elle

l'écoutait, mais sa main fouillait dans le tas de journaux et ses yeux recherchaient avec une indifférence feinte la date de parution. Elle en découvrit un de récent, l'ouvrit comme par distraction, alors que la voix grave de l'homme continuait de lui expliquer la dernière corrida à laquelle il avait assisté. Le nom du toréro dont Pablo, le frère de Perico, était le valet, se nommait Luiz Raminon et elle découvrait ce nom dans un calendrier des corridas. Elle attira ce journal à elle.

Brutalement l'homme demanda :

« Aimeriez-vous vivre dans les villes ? Ou ailleurs qu'ici ? »

Elle le regarda, interdite. Sa fierté d'Andalouse luttait contre son désir de clamer ses ambitions. Tout à coup elle était certaine que ce qu'elle construisait peu à peu avec l'aide inconsciente de Perico, son évasion du bourg, cet homme pourrait le lui donner tout de suite, moyennant certaines conditions qui étaient en filigrane dans ses paroles.

« Je ne sais pas... Je ne sais rien des villes, dit-elle avec naïveté. Comment pourrais-je y vivre alors que je ne possède pas de fortune.

— Vous êtes jolie Lucia, très jolie. Quel âge avez-vous ?

— Un peu plus de seize ans. »

Il se rembrunit. Il l'avait certainement cru plus âgée. Son regard ironique ne cessait de fouiller le corsage décolleté, les jolies lèvres un peu boudeuses.

« Je crois que ce sera suffisant comme cela », souffla-t-elle en prenant le paquet de journaux. Elle se leva, les bras embarrassés et il voulut l'aider. Elle sentit que don Manuel l'enlaçait et elle perdit la tête, lâchant les journaux. Les lèvres dures de l'homme étaient sur les siennes et elle consentit au baiser ce qui étonna don Manuel. Il y avait dans cette toute jeune fille un attrait si particulier, une sensualité encore empreinte de tant de gaucherie innocente qu'il perdit la maîtrise de lui-même. Il la poussa vers le divan et déjà sa main apportait au jeune corps ému une caresse précise, si directe qu'elle épouvanta Lucia qui gémit :

« Laissez-moi, don Manuel, laissez-moi ! »

Cette voix frêle l'aida à reprendre conscience et il se releva vivement. Il ramassa les journaux tombés et les lui tendit, embarrassé.

Elle devina ce qui se passait chez l'homme

qui attendait certainement d'elle du mépris et
une menace de scandale :

« Excusez-moi, don Manuel, j'ai été sotte. »

Cette naïveté retorse mais que lui trouva
charmante, le dérida et lui ôta ses craintes.

« Vous êtes trop jolie, Lucia. Si jamais vous
avez besoin de moi pour n'importe quel service, n'importe lequel, je suis prêt à accou-
rir. »

Elle s'échappa le corps en feu mais la tête
froide. Elle venait de se faire un ami d'une im-
portance considérable.

*

Pendant que Lucia rendait visite à don Manuel, sa belle-mère pénétrait dans sa chambre
et l'inspectait minutieusement. Elle finit par
découvrir les traces de la présence d'un homme
quelques heures avant. Lucia était assez pares-
seuse pour le ménage de sa chambre. Le lit
n'était pas encore fait et sur le drap de dessous
on distinguait nettement les creux laissés par
deux corps. Enfin plusieurs traces d'espadrilles
dans la poussière du sol, des traces trop grandes
pour avoir appartenu à Lucia. Les volets

étaient mi-clos et la jeune femme regarda sur
l'étendue chaotique du vieux quartier. Elle
resta longtemps ainsi, jusqu'à ce qu'elle soup-
çonne une présence derrière une murette
écroulée. On ne . pouvait l'apercevoir, aussi
s'arma-t-elle de patience. La silhouette incon-
nue finit par se montrer. C'était bien celle d'un
homme. Elle tressaillit parce qu'il était torse nu
et bronzé par le soleil. Sa bouche se sécha et sa
poitrine se gonfla de désirs. Le padre avait raison mais il ne fallait pas le lui laisser entendre.
Désormais elle s'emploierait à cacher elle aussi
le garçon traqué.

Elle redescendit quand Perico eut disparu.
Elle réfléchissait et prenait des décisions nouvelles qui auraient sidéré ceux qui la connais-
saient rêveuse et sans énergie.

Elle attendit l'arrivée de Lucia qui ne put
dissimuler son paquet de revues.

Elle l'apostropha si durement que la jeune
fille en resta coite :

« D'où viens-tu avec ces journaux ? Qui t'a
donné cela ?

— Don Manuel... Garrido.

— Comment ? Tu es allée chez lui ? Toute
seule ? Petite effrontée, je me demande com-

ment tu as osé. Le padre avait raison de... »

Elle s'arrêta, ne voulant pas dévoiler son plan. Lucia était capable d'un coup de tête.

« Raison, pourquoi ? demanda Lucia agressive.

— Cela ne te regarde pas. Pose tous ces journaux dans cette pièce. Tu vas sortir avec Pilar pour aller au cimetière porter de l'eau pour les fleurs.

— Maintenant ?

— Bien sûr. »

Il ne fallait pas qu'elle reprenne contact avec Perico, pas avant plusieurs heures. Manuela se sentait très à l'aise dans son nouveau rôle et cette transformation étonnait la jeune fille au point de lui enlever une partie de sa pétulance. Le cimetière était assez éloigné et elles ne seraient pas de retour avant la nuit.

Un doute fugitif traversa la tête de Lucia :

« Venez-vous avec nous ?

— Non, j'attends le padre. »

Ce qui n'était pas vrai car le matin même elle avait signifié au prêtre que sa visite n'était pas indispensable.

Lucia fit un geste vers la porte.

« Où vas-tu ?

— Dans ma chambre. J'ai quelque chose à y prendre.

— Il faut que je monte aussi. Je crois qu'il doit être temps de changer les draps. Pilar ira les laver demain matin. »

La contrariété de Lucia fut visible, mais Manuela fit semblant de ne pas la remarquer. Elles montèrent, la jeune fille l'aida maussadement à changer les draps. Manuela ferma les volets :

« Tu attires les mouches avec ta manie de laisser tout ouvert. »

Elle lui mit les draps dans les mains et lui dit de descendre et de partir sans retard pour le cimetière avant que le soir ne soit trop avancé. Cette fois la jeune fille voyant qu'elle ne pourrait communiquer avec Perico avant le soir, faillit éclater. Elle se maîtrisa et rejoignit Pilar.

Manuela attendit leur retour en tournant en rond dans le salon. Elle préparait la seconde offensive contre sa belle-fille. Il y aurait certainement une scène assez pénible, mais elle aurait la farouche décision d'arriver à ses fins. Elle devenait encore plus belle avec les pensées qui l'agitaient. Sa féminité prenait une agressivité troublante qui émanait d'elle par ses lèvres

molles et larges, son visage que la sensualité re-
modelait, son corps parfait, d'une cire chaude,
d'une glaise vivante attendant des caresses pro-
fondes.

Le jour flottait encore en lambeaux rougeâ-
tres quand Pilar et Lucia revinrent du cimetière. Elles prirent quelque nourriture et à la
fin du repas, Manuela annonça d'un ton détaché :

« Le padre est venu et m'a annoncé quelque
chose de gênant. Il paraît que ce jeune garçon
qui a failli tuer Diaz se cache dans notre quartier et principalement dans les maisons en ruines sur lesquelles donne la fenêtre de ta chambre. »

La jeune fille rougit, puis pâlit et resta
muette, les yeux sur le visage de sa belle-
mère.

« La police est dans le quartier et ils vont
certainement le traquer cette nuit, ou demain,
peu importe. Pour cette nuit je te donnerai ma
chambre et moi j'irai dans la tienne. »

La voix hachée de Lucia demanda avec une
véhémence qui la faisait trembler :

« Pourquoi ? Vous croyez qu'il va rentrer
dans ma chambre et me tuer ?

— Peut-être. Comme tu ne tiens jamais compte de mes recommandations, je préfère te savoir dans ma chambre. Tu serais capable rien que pour me narguer de dormir les volets ouverts.

— Je vous jure que non, que...

— Inutile. Ta seule façon d'insister prouve que c'est ce que tu comptais faire. Tu recherches les émotions fortes maintenant ? »

Lucia était certaine que c'était là le travail du padre José. Comme elle le haïssait ce prêtre cauteleux et sournois. Elle se vengerait de lui, elle se vengerait de sa belle-mère.

« De toute façon je ne pense pas que l'affaire dure des jours et des jours. Il doit être aux abois, sans nourriture. A moins que quelqu'un le ravitaille en secret. »

Lucia eut peur que Manuela aille trop loin dans ses suppositions. Elle préféra capituler quitte à trouver un moyen de rejoindre Perico dans la nuit.

« Eh bien ! j'irai dans votre chambre, fit-elle avec une colère feinte, puisqu'il faut que je vous obéisse. »

Manuela toute à la joie d'avoir vaincu sa belle-fille ne réalisa pas la facilité de sa victoire

et ne soupçonna aucune ruse sous la face irritée
que lui présentait Lucia.

Elles se couchèrent tôt. Manuela ferma la
porte de la chambre de Lucia à clé et poussa
une chaise sur le dossier de laquelle était un
linge, devant le trou de la serrure. Elle garda
les volets clos, le temps de laisser croire qu'elle
ou plutôt sa belle-fille se déshabillait. Elle
éteignit puis silencieusemsnt ouvrit les volets.

Sur le toit voisin si proche qu'elle n'aurait eu
qu'à étendre le bras, une silhouette se dressa.
Elle fit un appel du bras et la forme se lança,
atterrit souplement dans la chambre. Elle referma rapidement les volets. Le piège avait
fonctionné.

La voix de Perico chuchota, mécontente :

« Qu'est-ce que tu as attendu pour venir me
retrouver ? Je meurs de faim et je suis inquiet
car j'ai vu les policiers qui fouillent le vieux
quartier. Ils ne peuvent découvrir mes cachettes, mais je dois faire attention. »

Le jeune mâle prenait déjà des allures de
maître. Preuve que ses relations sentimentales
avec Lucia étaient allées fort loin.

« Qu'est-ce que tu fais. J'allume ?

— Si tu veux Perico ! » chuchota la voix de la femme.

L'ampoule donnait une faible lumière jaune. Perico sursauta.

« Ne crie pas. »

Il resta muet, ouvrant de grands yeux. Il était plus splendide encore sous la lumière imparfaite.

« Tu vois, te voilà pris ! N'essaye pas de partir avant que je t'aie dit ce que j'ai à te dire. Si tu essayes quoi que ce soit contre moi je crie et les policiers seront là dans quelques secondes. Je n'hésiterai pas à te charger en disant que tu as voulu abuser de moi. Cela peut aggraver ton cas, n'est-ce pas ? »

Il ne soupçonnait pas encore où voulait en venir la belle femme brune dont il était le prisonnier. Lui faire avouer que Lucia était sa maîtresse pour le livrer ensuite sans pitié ? Elle avait agi avec ruse et son piège avait été minutieusement préparé.

« Tu as faim, as-tu dit, quand tu croyais avoir à faire à Lucia ? Défais ce paquet sur la table. Tu peux manger et boire, je te le permets. »

Il obéit et mordit dans le pain et le fromage

que contenait le journal. Il la regardait avec
des expressions d'animal fougueux, prisonnier.

« Tu es là depuis combien de temps, depuis
le jour où tu as essayé de tuer le señor Diaz ? »

Il fit signe que oui.

« Lucia te donnait à manger ? Et tu as abusé
d'elle, n'est-ce pas ? »

Il secoua la tête :

« Elle a bien voulu, dit-il sourdement. Je
n'aurais pas pu le faire si elle n'avait pas
voulu. »

La femme s'approcha de lui et il crut qu'elle
allait le gifler. Il recula, impressionné par ce visage passionné où il lui semblait lire de la colère.

« Pourquoi te promènes-tu torse nu ?

— J'ai déchiré ma chemise le premier jour
pour panser ma main qui est blessée.

— Donne ta main. »

Elle regarda le pansement. Il était sale et
chiffonné. Elle laissa retomber le membre du
garçon.

Elle se sentait tout à coup intimidée alors
que tout avait merveilleusement réussi jusqu'à
présent.

« Tu peux t'asseoir. »

Elle-même le fit sur le lit non loin de lui. Il
lui jetait de brefs regards tout en mangeant.
Elle avait envie de mordre dans son épaule
qui luisait à quelques centimètres de sa bouche, de se jeter sur lui et de le renverser sous
elle.

Il reprenait peu à peu courage :

« Que voulez-vous faire contre moi ? »

Elle biaisa :

« Tu es à ma complète discrétion. Je peux
d'un mot faire venir les policiers.

— Pourquoi ne le faites-vous pas ? Vous crai-
gnez que je dise que j'ai fait l'amour avec votre
belle-fille et que le scandale vous entoure ?
Vous pouvez dormir tranquille et me laisser aller. Je ne ferai pas ce genre de choses. »

Comme elle était maladroite. Elle savait qu'il
accepterait ce qu'elle brûlait de lui demander
mais le cap était difficile à passer.

Il reprenait de plus en plus courage et lui-
même trouvait quelque chose de trouble dans
le silence de la jeune veuve.

Son assurance de mâle déjà comblé le lança
de plus belle. Il se leva et lui fit face.

« Vous me laissez partir ? »

Il fixait la poitrine étroitement serrée dans la

robe d'un noir austère, une poitrine qui aspi-
rait à se libérer, gonflée de désir.

Il murmura :

« Je pars ? »

La voix adoucie aida la jeune femme. Elle se
dressa, posa ses deux mains sur les épaules du
garçon, y planta ses ongles.

Il en fut étourdi. Il n'aurait jamais songé à
une pareille chose. La bouche de doña Manuela cherchait la sienne et n'attendait pas
qu'il réponde à son baiser. Elle le renversa sur
le lit sous elle, ne lui laissant presque aucune
initiative. Elle mordait sa poitrine et de ses
mains le déshabillait avec une hâte fébrile. Il
se sentait nu entre les mains de la jolie veuve
et devant ses yeux flous deux seins ronds et
blancs à la pointe mauve dressée venaient
d'échapper à leur cage de tissu. La femme fut
complètement nue. L'esprit du garçon faisait de
fulgurantes comparaisons. Il aimait la chair
bronzée de Lucia parce que c'était le signe de
sa jeunesse mais cette peau blanche d'avoir été
cachée de longues années avait une volupté,
une attirance bien plus forte. Il eut la nette
sensation que la jeune femme le possédait plus
qu'il ne la possédait. La chair dodue, abon-

dante de Manuela, son parfum de chair l'anéantissait dans un monde de plaisir.

Ils ne se séparèrent pas après la première étreinte. Elle insista avec de telles caresses, des caresses de courtisane mais données avec tant de volupté partagée qu'il oublia complètement Lucia. Lucia n'avait jamais eu de telles audaces. La bouche de Manuela semblait vouloir liquéfier sa chair pour la boire ensuite avec avidité. Du coup il apprit en moins d'une heure de folie luxurieuse, mille raffinements amoureux, mille raffinements inventés par la veuve dans ses éternelles rêveries et qu'elle lui soufflait sans un mot avec des gestes sensuels et des attitudes provocantes.

Il oubliait complètement Lucia alors qu'il avait été certain qu'elle essayerait de le rejoindre par tous les moyens.

CHAPITRE VII

LE soleil les réveilla d'un rayon chaud, aveuglant. Le garçon se souleva, découvrit la poitrine ferme et blanche de sa compagne, se souvint. Il s'engourdit à nouveau, ivre de fatigue, animalement repu. Sa compagne se pencha vers lui.

« Il faut t'en aller sur les terrasses. Tout à l'heure je t'apporterai du café. »

Il secoua la tête :

« Lucia a l'habitude de le faire. Il vaut mieux ne pas lui donner l'éveil. »

Il avait donné le maximum de lui-même au cours d'une nuit frénétique. Sa partenaire avait tiré de lui toute son énergie de mâle et pourtant la vue de ces seins lourds mais tendus, de cette bouche qui connaissait l'art des baisers les plus audacieux lui poigna le creux des reins de désirs.

« Je vais à la messe. Lucia va revenir dans cette chambre. Il m'est complètement égal qu'elle apprenne ce qui s'est passé. A toi de choisir. »

Elle disait ces paroles avec un air souverain, certaine que le garçon en avait pour des heures à récupérer ses forces. Elle devinait la puissance de son attrait sur le garçon et ne craignait pas la rivalité de sa belle-fille.

Elle se mit droite, chercha sa robe froissée et foulée au fond du lit. Dans un rêve, il voyait ses formes pleines, ses hanches larges qui l'avaient accueilli si parfaitement, cette croupe ronde, provocante tant elle était cambrée et profondément ombrée. Il aimait ses cuisses un peu lourdes. Il les trouvait plus féminines que celles rondes mais dures de la jeune.

Elle s'habilla rapidement et gagna l'église. L'office avait déjà commencé mais elle trouva le temps long. Elle alla rejoindre le padre sitôt « *ite missa est* ». Il fallait régler cette question pour éviter une fouille approfondie du quartier.

Il la regarda entrer dans la sacristie avec une sorte d'indifférence.

« Vous avez oublié l'heure ce matin ? dit-il

en guise de bienvenue. Je ne vous le reproche pas car c'est la rare fois où je vous vois en retard. Avez-vous parlé à votre écervelée de belle-fille ? Elle n'est pas venue aujourd'hui non plus à l'office ?

— Oui, mais elle est lasse ces jours. Je crois que vous vous êtes inquiété pour rien mon père, Lucia est allée voir la mère de ce garçon pour savoir si elle n'avait besoin de rien et cette femme l'a presque mise à la porte, ce qui a profondément vexé cette jeune fille. »

Les yeux inquisiteurs du Padre José essayaient de fouiller son âme. Les yeux de Manuela lui parurent aussi languissants mais il lui sembla y découvrir une flamme nouvelle. De même que quelques détails insignifiants dans la toilette de la jolie veuve lui parurent l'amorce d'une certaine transformation.

Il laissa tomber :

« Les policiers ont retrouvé des traces qui indiquent formellement que ce garçon est caché dans les ruines derrière votre demeure. Ils veillent sur l'endroit et aujourd'hui vont certainement poursuivre leurs recherches. »

Elle le regarda intensément et peut-être eut-il

l'impression qu'elle avait un secret qu'elle gardait farouchement.

« Peut-être exigeront-ils de pénétrer chez vous ?

— S'ils en ont le pouvoir, que pouvons-nous faire ? Ce sera évidemment fatal pour notre réputation. »

Il eut un geste sec de la main.

« Pourquoi ? Il est normal que l'on visite votre grande maison. Je suis sûr que certaines pièces sont fermées depuis longtemps et que vous n'y mettez jamais les pieds. Le garçon peut s'y être caché à votre insu ?

— Et qui le ravitaillerait ? Notre servante Pilar ? » demanda-t-elle avec ironie.

Les yeux du religieux étincelèrent :

« Je vous trouve bien agressive.

— Vos suppositions me blessent un peu, c'est tout mon père et je me confesserai de cette humeur regrettable.

— Le plus tôt en sera le mieux. »

Elle inclina la tête et s'éloigna.

*

Lucia s'était couchée à deux heures du ma-

tin. Elle avait attendu une heure avancée avant
de se risquer hors de sa chambre puis dans la
rue. Elle avait parcouru sous une lune blême
qui se levait, les ruines du vieux quartier. En
vain. Elle avait découvert plusieurs hommes
aux aguets mais qui paraissaient somnoler. Elle
était passée sans bruit à leur côté. Elle n'avait
pas retrouvé Perico. Avait-il pris peur de se
voir abandonné par elle et de sentir les policiers rôder autour des ruines ? S'était-il réfugié
dans la montagne ? Quand elle entendit sa
belle-mère claquer la porte pour se rendre à la
messe elle n'hésita pas, se rua dans sa chambre,
ne remarqua pas que le lit en avait été refait et
sauta sur le toit terrasse voisin. Elle trouva Perico et en resta immobile d'étonnement. Il dormait profondément dans un endroit qu'elle
avait parcouru dans la nuit. Elle le secoua et il
se leva d'un bond.

« Te voilà ? »

Sa voix était maussade. Il devait jouer la co-
médie et cela ne l'enchantait guère. Elle avait
le visage courroucé.

« Je t'ai cherché cette nuit.

— Et moi j'ai attendu que tu ouvres tes volets. Qu'est-ce qui t'a pris ?

— Ma belle-mère m'a interdit de coucher
dans ma chambre. Elle se doute de quelque
chose.

— Quand j'ai vu ça je me suis cru perdu et
je suis allé me cacher dans une cave profonde.
Derrière moi j'ai rebouché un passage avec des
pierres. Bien fin, qui m'aurait trouvé.

— C'est vrai ? »

Elle le croyait.

« J'ai le calendrier des corridas données par
Luiz Raminon.

— Et alors ?

— Dimanche prochain il est à Burgos. Ton
frère aura notre lettre si elle part aujourd'hui. »

Il pensait au danger qui le menaçait mais se
séparer de Manuela serait une épreuve cruelle.
Il ne pourrait s'éloigner de cette femme après
la nuit qu'il avait passée à ses côtés. Après chaque nuit d'amour, il savait qu'il attendrait fé-
brilement la nuit suivante.

« Tu ne m'embrasses pas ? »

Il le fit sans chaleur mais la jeune fille s'en-
têta, voulut lui faire prendre feu.

« Tu m'as manqué cette nuit », murmura-
t-elle.

Il essaya de se dégager :

« Qu'est-ce que tu as ?

— Je suis las. »

Il se mit à mentir pour la tranquilliser :

« J'ai passé une mauvaise nuit, la cave était humide et je manquais d'air. Je n'ai pu dégager qu'une partie du sol et c'était dur. Je suis fourbu.

— Mon pauvre chéri ! » fit-elle.

Le plaignait-elle sincèrement pour lui ou pour elle ? Un sourd regret d'être frustrée de son plaisir laissait en elle une sorte d'angoisse physique.

« Tiens. »

Une petite bouteille de café chaud. Un peu de pain. Il but avidement le liquide mais laissa le pain. Il avait déjà bu de l'eau du puits, altéré par les heures d'amour qu'il avait vécues.

« Manuela va revenir de la messe et il faut que je rentre. Je vais faire la lettre et je viendrai te l'apporter à l'heure de la sieste. »

Elle l'embrassa longuement, le quitta à regret en se retournant longtemps pour lui faire signe.

*

Manuela arrêta sa belle-fille qui traversait le
salon :

« Pourquoi n'es-tu pas venue à la messe ce
matin ? Le padre s'est étonné. Je lui ai dit que
tu étais lasse.

— Je suis restée endormie.

— Il se peut que nous recevions la visite
d'un policier ou même de plusieurs. Ils recher-
chent activement ce garçon et comme ils pré-
tendent qu'il s'est réfugié dans notre coin, ils
craignent qu'il ne se cache dans la partie de la
maison que nous n'habitons plus. »

Lucia était devenue très pâle. Il fallait que
cette lettre parte le plus vite possible. Perico
était le seul moyen qu'elle connaisse de quitter
cette bourgade où la vie était étriquée, où l'on
ne pouvait vivre et respirer à son aise. Peut-
être un jour réussirait-elle même à quitter l'Espagne et à gagner la France, Paris... Il fallait
que Pablo réponde rapidement. Il n'y aurait
plus ensuite que la promesse de Don Manuel
Garrido. Elle savait d'avance le prix qu'il lui
faudrait payer, mais dans son désarroi, elle était
prête à tout.

Manuela distillait lentement le poison dans son âme. La jeune fille s'affolait visiblement, était incapable de prendre une décision sérieuse pour la sécurité du jeune homme. C'est alors que ce dernier se rendrait compte combien Manuela lui était utile. Il se détacherait de la jeune fille. Elle ne connaissait pas encore l'étendue de son pouvoir sur le garçon. Elle l'avait conquis charnellement mais elle voulait aussi qu'il lui soit lié de façon plus spirituelle. Elle avait rapidement tissé sa toile et maintenant que sa proie se débattait dans ses mailles, elle ne comptait pas le libérer de si tôt.

Lucia remarqua une chose, pour la première fois depuis la mort de son père, la jeune veuve portait une robe dont le décolleté s'ouvrait en pointe jusqu'à la naissance de ses seins. La chair moelleusement bombée, couleur de lait, attirait le regard et Lucia eut un pincement au cœur. On pouvait jeter un regard appréciateur sur sa poitrine mais elle ne donnait certainement pas cette promesse voluptueuse qu'offraient les deux seins magnifiquement gonflés. Elle décida pour sa tranquillité d'esprit qu'ils étaient vraiment trop gros et qu'ils

avaient tendance à s'affaisser. Elle savait qu'il
n'en était rien cependant.

La matinée traîna en travaux ménagers, en
discussions terre à terre avec une Pilar qui ronchonnait à propos de tout et de rien : le manque d'argent, la chaleur, la présence des policiers, le fait que Lucia avait manqué la messe
deux jours de suite. Tous les prétextes lui
étaient bons et c'étaient de longues litanies
composées de mots ébréchés, de soupirs à fen-
dre le cœur le plus dur, des gestes inachevés, de
menaces contre une fatalité responsable de tout.
Non pas Dieu mais autre chose de plus fort encore. Une croyance païenne qui rendait le Père
tout-puissant lui-même esclave de cette fatalité.

Il y eut le repas puis Lucia rejoignit un Perico encore couché sur la terrasse secrète. Elle
le mit rapidement au courant des nouvelles ap-
portées par Manuela.

« Le mieux, je pense, finit-elle par dire, ce
sera que je te cache dans une des chambres que
nous n'habitons plus, une fois que les policiers
seront venus chez nous. »

Il asquiesça sans chaleur. Ce qui importait
c'était ce que la jeune veuve lui dirait de faire.
La menace de la police se précisait mais il était

encore trop jeune pour prendre lui-même une décision. Inconsciemment chez Manuela il retrouvait un sentiment maternel qui comblait parfaitement son désir d'amour.

Pour l'instant il était trop fataliste en véritable Espagnol du sud. On verrait bien, hombre ! Il ne fallait pas bousculer le temps mais lui donner le temps de s'écouler. Il était las, avait sommeil et Lucia ne comprenait pas. Dans son âme simple, Perico se sentait torturé. Il voulait garder sa vigueur pour l'autre. Il ne pouvait pas le lui dire crûment. Elle était capable d'aller le dénoncer.

Lucia ne quémanda rien mais s'en alla pleine d'une dignité offensée.

CHAPITRE VIII

QUELQUES jours s'écoulèrent. La police vint visiter avec autant de politesse et d'excuses qu'elle en était capable les pièces inhabitées de la demeure des Torca et ne voulut en aucune façon jeter un coup d'œil aux chambres de ces dames. L'honneur était sauf. Il fallut forcer les serrures depuis longtemps rouillées de ces pièces nues et obscures où la poussière accumulée formait un tapis épais.

Lucia était condamnée à la chambre de sa belle-mère. Perico la fuyait ostensiblement et la jeune fille était tellement obsédée par le désir qu'il la possède, que la nuit elle en avait des cauchemars. Pour elle le garçon était malade ou bien la peur de la police le paralysait. Seule une lettre de Pablo pourrait le délivrer de sa hantise. Cette lettre n'arrivait pas. Et Lucia se tourmentait. Devenir la maîtresse de Perico, goûter à un plaisir coupable avait été sa façon de se libérer de sa misérable existence. Perico la boudait et son frère tardait à voler à son secours.

Manuela sans connaître la vérité totale se rendait compte de la tristesse de sa belle-fille. Elle s'en réjouissait dans la mesure où peu à peu elle se liait Perico Lapiza corps et âme. Elle n'était pas méchante mais elle luttait pour sa passion, pour ce dernier bonheur auquel elle pouvait goûter avant de devenir une vieille femme dont plus personne ne voudrait. Sa beauté terne se réveillait d'ailleurs avec un éclat incomparable. Elle s'en rendait compte le dimanche à la messe. Les hommes découvraient à nouveau qu'elle existait et leurs regards admiratifs devenaient parfois entreprenants, semblaient promettre à la jeune femme une attention nouvelle. Les femmes de son âge commençaient de la toiser et l'on devait se mettre à jaser et à chercher « l'homme ». Elle riait intérieurement. Même si le scandale éclatait et que toutes les familles qui les aidaient à vivre l'abandonnaient, que lui importait ?

Le Padre José restait d'une sévérité froide envers elle et n'avait jamais remis les pieds

dans l'antique demeure. Elle ne se confessait
plus et si elle assistait encore aux offices mati-
naux c'était par habitude et pour ne pas tran-
cher d'un coup avec le passé.

Si ce passé de veuve lui était maintenant
odieux, elle ne pensait jamais à l'avenir et ne
faisait aucun projet. Elle profitait du présent et
elle estimait comme Perico qu'il fallait laisser
au temps, le temps de s'écouler. « *Carpe diem* »
aurait-elle pu ajouter.

Le drame couvait malgré tout et la vieille Pilar, pour innocente de ces choses qu'elle fût et
à moitié folle, sentait la tragédie dans l'air. Elle
humait l'atmosphère de la maison où elle avait
passé toute sa vie, ne reconnaissant plus les
odeurs familières; cela sentait la tempête. Elle
ne savait pas ce qui se passait dans les âmes de
ses maîtresses mais elle n'arrêtait de ronchon-
ner.

Lucia trouvait elle aussi que sa belle-mère
changeait, rajeunissait physiquement. Le corps
de la jeune femme devenait splendide, d'une
beauté parfaite qui avait quelque chose de farouche.

Manuela s'attachait à la proie consentante
qu'elle avait prise à son piège. Elle en usait

sans modération, ravissant au jeune corps musclé la substance mystérieuse de sa nouvelle
beauté. Au point que Perico vivait dans un ac-
cablement merveilleux, dans un rêve qui
l'épuisait, jusqu'à l'approche de la nuit dont la
seule obscurité, prélude à des caresses inoublia-
bles, le galvanisait à nouveau. Il devinait parfois la tristesse de Lucia, le désir qu'elle avait
de renouer leurs étreintes qui pour lui appartenaient à un passé lointain.

Il n'avait pas le temps de réfléchir à sa situation d'homme traqué. La police d'ailleurs avait
perdu de sa vigilance mais c'est alors qu'il aurait fallu que Perico soit sur ses gardes. Il n'y
pensait seulement pas. Seul le corps de Manuela,
ce corps de femme était une réalité valable.

Il y avait aussi l'adulation que Manuela portait à son corps juvénile. Lucia était trop jeune,
trop infatuée de sa propre beauté pour en ou-
blier d'être égoïste. Tandis qu'avec sa belle-
mère il était à la fois homme et enfant, mâle et
femelle, exultait sous les caresses les plus indis-
crètes.

« Tu as des petites fesses rondes de torero »,
lui soufflait-elle en lui caressant les lobes mus-
clés, les cuisses dures.

Puis elle l'ouvrait comme un fruit, le violait avec douceur. Jamais il n'aurait cru supporter pareille chose mais avec cette femme il découvrait les exigences jusqu'ici confuses de sa chair. Il avait des gémissements de fille mais s'en moquait. D'ailleurs avec Manuela il n'avait jamais l'impression de s'humilier, d'être ridicule.

Souvent il s'endormait la joue appuyée sur le ventre douillet de sa maîtresse, les lèvres dans la somptueuse toison qu'il venait de dévorer avec sauvagerie, arrachant à Manuela des cris d'extase qu'on devait entendre dans toute la maison. Et il n'était pas rare qu'il se réveille, ému par ce qu'il croyait être un rêve pour découvrir la jeune femme unie à lui par ses lèvres sensuelles.

Cette année-là l'été multipliait ses dons. La chaleur restait insoutenable vingt-quatre heures sur vingt-quatre, une chaleur chargée d'électricité avec un orage à l'état latent dans l'immensité du ciel chauffé à blanc. Parfois, il y avait des coups de tonnerrre, des éclairs. Le seul résultat en était une cargaison de chapelets et de prières spéciales, et d'énerver les corps. Lucia dans son désir d'homme se

tordait parfois la nuit dans son lit, se réveillait
hagarde croyant entendre quelque part dans la
maison des soupirs d'amants heureux, des gémissements de chair satisfaite. Elle s'inquiétait
de cette obsession comme d'une maladie grave.

CHAPITRE IX

ENFIN la lettre arriva. Le facteur la donna à Lucia qui le guettait depuis quelques jours. Elle était postée de Biscaye en pays basque. Pablo suivait son torero dans ses déplacements. La prochaine course devait avoir lieu à Bayonne en France si les souvenirs de Lucia étaient exacts.

La lettre était adressée à la jeune fille pour ne pas donner l'éveil aux gens des postes, mais elle hésitait à l'ouvrir. Elle était lourde. Peut-être contenait-elle de l'argent dissimulé entre les feuilles manuscrites. C'était là le dernier espoir de la jeune fille. Elle avait misé sur Perico, mais elle le découvrait veule et sans ressort. Elle ne s'embarrasserait pas longtemps de lui, pourvu qu'il l'aide à sortir de la petite ville dont l'étreinte l'écœurait.

Cinq minutes plus tard, elle retrouvait Pe-

rico sur la terrasse où elle prenait ses bains de
soleil auparavant. Il l'accueillit toujours aussi
maussadement. Elle lui tendit l'enveloppe.

« Ton frère.

— Ah !

Elle crut un moment qu'il allait la glisser
dans sa poche. Il comprit son impatience et la
décacheta maladroitement.

Effectivement, dans la lettre proprement
dite, se trouvait une épaisse liasse de billets de
cinq mille pesetas. Il y en avait dix exactement : cinq mille pesetas. C'était une somme et
Pablo ne lésinait pas pour sa famille. Perico lut
la lettre à voix haute;

« Cher Perico,

« J'ai appris ce qui t'est arrivé par ta lettre
et aussi par un habitant du pays que j'ai ren-
contré il y a quelques jours et que je n'avais
pas voulu croire. Diaz a toujours été un sale
type, je ne vais pas t'écrire pour te reprocher
ton geste. Je t'envoie la plus grande partie de
mes économies. Puisque tu veux partir te cacher ailleurs, je crois que le mieux est que tu
réussisses à atteindre Barcelone. Voyage par le
train, c'est moins dangereux et de petite station
en petite station. Ne descends jamais directe-

ment dans les grandes villes. Il vaut mieux que tu fasses du chemin à pied plutôt que te faire prendre. A Barcelone tu te rendras chez un ami, Lianero qui habite dans la calle de la Conquête. Une longue rue. Au numéro 148. Tu attendras là-bas que je revienne vers le mois d'octobre. Tu donneras à mon ami quarante pesetas par jour pour ta chambre et la nourriture. Ne sors pas trop et sois prudent. Partage la somme que je t'envoie avec la madre qui va rester seule. Pourquoi me fais-tu écrire au nom des Torca ? Ils sont alliés des Diaz.

« Ton frère qui t'embrasse. Pablo. »

Lucia attendit qu'il eût relu la lettre une seconde fois pour demander :

« Quand partons-nous ? »

Il haussa les épaules. Il vivait constamment torse nu bien qu'elle ait trouvé une vieille chemise de son père à lui donner. Il était noir comme un pain de seigle.

« Il faut préparer nos plans. On ne va pas prendre le train ici », observa-t-il avec une sorte de colère.

Elle le regarda longuement :

« J'ai déjà prévu comment nous agirons. Nous allons nous rendre à Sagros, le village qui est de l'autre côté des montagnes, à pied.

« — Tu es folle ? Tu ne pourras jamais marcher aussi longtemps. Il nous faudra deux jours. »

Elle tapa du pied avec entêtement :

« Qu'est-ce que tu crois ? Je suis jeune et forte. J'y arriverai. Là, il y a une ligne secondaire qui conduit à Madrid. Si nous partons demain au soir, samedi, nous sommes à Sagros, le lundi. C'est le jour de la foire là-bas et nous passerons inaperçus quand nous prendrons le train. Nous serons vite à Barcelone. Une fois là-bas tu es sauvé, ne l'oublie pas. »

Il l'écoutait avec intérêt. C'était en quelque sorte la voix de sa conscience qui empruntait les lèvres de la jeune fille pour le rappeler à la raison. Mais entre eux deux se dressait la silhouette sensuelle de Manuela.

« C'est trop rapide ! dit-il. J'aurais voulu revoir ma mère. Il me faut d'autres habits pour partir aussi loin. Sans valises à la main, nous serons vite repérés.

« — A la nuit, j'irai chez toi et j'expliquerai à ta mère ce que nous allons faire. Tu as bien des vêtements chez toi ? »

Il inclina la tête. Il était débordé par la vita-

lité, le besoin d'action de la jeune fille. Il fit
semblant de capituler. Le soir venu, elle pourrait toujours le chercher sur les terrasses, il aurait mis Manuela au courant et elle l'aiderait à
trouver une solution.

« Les valises, il y en a chez nous. Il suffit que
nous les ayons à la main, comme tu dis, pour
paraître des voyageurs comme les autres. Le
frère et la sœur qui vont en vacances chez une
tante dans le Nord, ou n'importe quoi.

— Oui, oui, dit-il avec lassitude.

— Je te retrouve donc ici ce soir, vers onze
heures ? »

Il hésita :

« A moins que je ne sois obligé de me cacher ailleurs. Il m'a semblé entendre des pas
l'autre nuit. »

Elle ne vit pas qu'il mentait.

« Où te cacheras-tu ? »

Il eut un geste vague.

« Tu me laisseras une indication sur cette
pierre blanche. A tout à l'heure, Perico ! »

Elle se haussa pour qu'il l'embrasse. Il lui
donna un baiser sans chaleur. Elle pensa que
dans quelques heures il serait libéré de son angoisse d'homme traqué.

*

La vieille mère de Perico était intelligente
et elle comprit aussitôt ce que la jeune fille
désirait. Elle fit un paquet des meilleures
affaires de son fils et le lui donna. Avant de la
quitter, Lucia prit les cinq billets de cinq
cents pesetas et les tendit à la madre Lapiza. La vieille femme regarda l'argent, puis
Lucia :

« Votre fils Pablo a envoyé cinq billets
comme ceux-là à Perico. Il a dit de vous en
laisser la moitié, parce que vous alliez rester
seule.

— Il est brave, Pablo, brave.

Elle prit seulement deux billets, repoussa les
autres :

« A mon âge, j'en ai pour longtemps avec cet
argent. Et puis, quoi ! suis-je si usée que je ne
puisse encore travailler ?

Lucia revint rapidement dans son quartier.
Elle cacha le paquet de vêtements, dans l'entrée
de la maison, puis ressortit pour aller retrouver
le garçon. Le lendemain, elle ferait quelques
provisions qu'ils emporteraient pour la longue

étape jusqu'à Sagros, où ils prendraient le train.

C'est en vain qu'elle fouilla les endroits où Perico aurait pu se trouver. Sur la pierre blanche convenue, il n'avait laissé aucune indication de sa nouvelle cachette.

Alors, le doute l'assaillit. Elle s'était assise sur un tas de pierres, la tête entre les mains. Peu à peu, la vérité se faisait jour en elle.

D'abord, pourquoi sa belle-mère s'obstinait-elle à coucher dans une autre chambre que la sienne. Jusqu'à ce jour, elle s'était peu souciée de sa belle-fille. Elle n'était pas femme à craindre pour une enfant qui lui était étrangère.

Manuela avait changé de la tête aux pieds. Ce n'était plus la même femme au point que les gens s'étonnaient dans la rue, à l'église. Pourquoi s'était-elle transformée, avait-elle cet air heureux, satisfait sur son visage ? Ses lèvres souriaient à des visions inconnues, parfois, alors qu'avant elles ne reflétaient qu'une mélancolie terne.

Enfin Perico qui la fuyait maintenant, qui la regardait à peine et qui ne l'embrassait que parce que la jeune fille l'exigeait.

Qu'est-ce que tout cela voulait dire ?

Elle se dressa, et, rapide et légère, fila sur les terrasses le long des corridors étroits, enjamba des ruelles et se retrouva en face de la fenêtre de sa chambre, de sa véritable chambre.

Elle ne rêvait pas, les volets étaient ouverts. La chaleur ? Manuela ne craignait-elle pas la présence du voyou qui avait failli assassiner Diaz ?

Elle se faufila dans les ombres, s'approcha de plus en plus. Elle avait bien entendu. Il y avait des chuchotements dans la chambre, des bruits furtifs, semblables à des baisers mouillés. Comme des plaintes légères.

Elle tressaillit... Ces plaintes, elle les reconnaissait pour être celles d'une femme caressée par un homme. Cette femme ne pouvait être que sa belle-mère, Manuela, et l'homme, l'homme...

Elle s'enfuit, avec la rapidité d'un animal blessé. Mais ce n'était pas son cœur qui gémissait, c'étaient son orgueil, son ambition. Ses projets d'évasion étaient ridiculement bafoués par les deux amants, Manuela et Perico. Elle était certaine qu'ils s'aimaient. D'autant plus

certaine qu'elle se sentait elle-même incapable
d'une passion aveugle. Chez Perico ce n'était
pas lui qu'elle aimait, mais l'homme, le mâle
capable d'éteindre la soif de ses sens.

Manuela aimait Perico avec la passion d'une
femelle déjà avancée en âge, une passion exclu-
sive, dévorante, qui avait dans son déborde-
ment le germe de sa destruction.

Perico était envoûté. Elle le comprenait
maintenant. Manuela l'avait englué dans le jeu
astucieux de ses caresses et de ses baisers. Elle
devait savoir autant donner que prendre, alors
que Lucia, à l'âge tendre des premiers émois,
n'attendait que des dons. Si elle prodiguait des
caresses, c'était pour elle, pour son plaisir. Manuela devait vouloir attendre autre chose, la
complète domination du garçon.

Elle était revenue devant la porte de la maison. Elle rentra, remonta en silence les escaliers, et approcha de la porte de la chambre
aux secrets.

Elle colla son oreille, et, cette fois, elle n'eut
plus de doute. La voix de Perico, une voix
étrange comme celle d'un somnambule, psalmo-
diait le prénom de la jeune femme. Comme si
c'était là le seul remerciement qu'en son âme

fruste il pouvait donner à celle qui lui prodiguait une intense joie physique. Le corridor
resta vide. Une petite fille venait d'entrer dans
sa chambre, de se jeter sur son lit pour y pleurer sur ses rêves d'envol détruits.

CHAPITRE X

TOUT de suite, Manuela comprit que sa belle-fille avait passé la nuit à pleurer. Ses yeux étaient rouges, sa figure pâle et défaite. Se doutait-elle de quelque chose ? Avait-elle surpris un fait qui lui permît de connaître leur liaison ? La jeune femme s'en serait réjouie sincèrement. Elle était impatiente que la jeune fille soit au courant. Elle saurait alors la forcer à abandonner la partie. Sans sévérité, ni drame. Que pouvait attendre Lucia, dont la jeunesse et la joliesse étaient éclatantes, d'un paysan comme Perico ? A cet âge-là, on mêle à l'amour d'autres sentiments, l'union des esprits, de l'éducation, des goûts communs. Manuela pouvait accepter le paysan chez le garçon, pas Lucia. Elle se lasserait vite de ses manières et de son manque total d'instruction et d'éducation. Elle n'aurait pas le courage de l'affiner, de l'amener à son niveau, Manuela, si.

Pilar vint rafler la cafetière pour son propre déjeuner. Elles furent seules à nouveau.

Les lèvres pincées, le front têtu, Lucia attaqua :

« Il est là-haut dans ma chambre ?

— Comment ? s'étonna Manuela, prise de court par le coup direct de la jeune fille.

— Je parle de Perico. »

La jeune femme examina sa belle-fille. Le remède serait certainement plus long à agir qu'elle ne l'avait tout d'abord estimé. Lucia était d'une race de volontaires et d'obstinés, elle ne cèderait pas facilement.

« Oui, il est là-haut, encore couché », murmura-t-elle enfin.

La jeune fille ramassa de ses doigts tremblants des miettes de pain, puis les lança dans la pièce.

« Complètement abruti, je suppose ? »

Manuela sourit de cette grossière insinuation :

« Dis plutôt, fatigué. »

La chaise de la jeune fille bascula, tant elle se leva avec force. Elle se mit à hurler :

« Vous me dégoûtez. Vous vous attachez à lui comme une sangsue à la chair. On a l'im-

pression que peu à peu vous drainez ses forces
et son courage... »

Pilar arriva. Les éclats de voix étaient si rares dans la maison qu'elle croyait à un malheur.

« Retourne dans ta cuisine, Pilar, dit tranquillement Manuela. Tu vois, nous causons.

— Eh bien ! si c'est ça causer pour vous, je
peux dire que je suis muette comme un poisson
en ce moment ! »

Elle haussa les épaules et s'en fut. Manuela
alla fermer la porte dans son dos.

« Tu disais ?... Ah ! oui, que je te dégoûtais,
une vague histoire de sangsue. Continue. »

Lucia venait de mater sa fureur. D'un coup,
comprenant qu'il fallait être froide en face de
ce monstre impavide qu'était soudain pour elle
sa belle-mère.

« Tu te tais, Lucia. Que veux-tu donc ?

— Lui.

— Non ! Il est à moi maintenant. Bien à
moi. Tu n'as été pour lui qu'un moment d'un
passé déjà brumeux. Moi, pour lui, je suis
beaucoup plus importante. Et lui, pour moi, est
tout ce que je veux sauver.

— Sauver ? En le maintenant ici, alors que
la police le traque ! »

Manuela eut un geste las :

« Je sais cela. Non, ce que je veux sauver c'est cette dernière chance que j'ai de connaître l'amour. Tu fais la tête d'enfant gâtée, mais tu pourrais essayer de comprendre. Des Perico, tu en trouveras des centaines, si tu le veux, jolie comme tu l'es. Moi, je n'ai que celui-là, c'est lui ma seule chance d'avoir quelques joies avant de me faner et de devenir une horrible vieille.

— Vous croyez que c'est ici que je pourrai trouver d'autres Perico, comme vous le prétendez ? Dans cette bourgade de paysans ? »

Manuela se mit à rire :

« Tu vois que j'ai raison. Tu parles avec mépris des paysans, et Perico en est un. Comprends-tu maintenant que c'est un garçon qui n'est pas fait pour toi ?

— Vous vous en contentez, vous ?

— Hélas ! Mais pourquoi détestes-tu ce pays ? Pourquoi ne le quittes-tu pas ? Je ne ferai rien pour te retenir. Je ne veux pas me débarrasser de toi mais, jeune comme tu l'es, tu aurais peut-être quelque chance de réussir ailleurs. Dans les villes...

— Vous ne m'auriez pas parlé ainsi, il y a seulement une semaine, n'est-ce pas ?

Manuela la regarda avec étonnement :

« Qu'en sais-tu ? Je vivais dans des rêves, mais crois bien que c'est parce que j'étais vaincue à l'avance. Toi, tu as un avenir qui te tend les bras. Songe que seize ans nous séparent. Le double de ton âge. »

Lucia la regarda, comme si elle voulait parler, mais, finalement, elle se tut.

« Que décides-tu ?

— Si je pars, je veux partir avec Perico.

— As-tu encore besoin d'un tuteur, ou prévois-tu pour lui le rôle d'un bâton de vieillesse ? Je suis certaine que tu appréhendes la vie de l'extérieur et que tu as besoin de Perico pour tes premiers pas. Ensuite, « pftt » plus personne, et mon pauvre Périco restera seul dans la grande ville, avec pour seul bagage ses manières de paysan. »

Pour tout l'or du monde, Lucia n'aurait avoué que c'était l'exacte vérité. Elle voulait aussi Perico pour le seul plaisir de combattre Manuela.

« Dans le fond, nous n'avons qu'à choisir un arbitre.

— Le padre José ? ironisa la jeune fille.

— Perico. Il est là-haut. Il attend que je re-

monte. Allons-y toutes les deux. Il choisira.
Le moyen est cruel, mais c'est le seul d'être
convaincue. »

Alors, Lucia comprit qu'elle avait perdu. Le
ton de sa belle-mère était tranquille. La jeune
femme était certaine de sa victoire. Perico choi-
sirait de vivre avec elle, même aux risques de
se faire prendre par les policiers à sa recherche.

« Alors, est-ce que tu montes avec moi ? »

Elle se levait avec un cynisme calme. La
jeune fille la regarda, les yeux noyés de larmes.

« Je crois que c'est inutile de t'imposer cette
épreuve, n'est-ce pas, Lucia ? »

Elle s'approcha d'elle :

« Tu renonces, n'est-ce pas ? »

Elle suppliait la jeune fille de répondre.

Lucia lui cracha au visage, traversa le salon
et monta dans sa chambre.

CHAPITRE XI

LUCIA ne descendit pas pour le repas de midi. Elle se rendit dans sa chambre, certaine que Perico se terrait sur les toits voisins. Elle ouvrit un placard qui lui servait de garde-robes, y choisit une robe de toile d'un bleu léger et un peu passé. Elle l'enfila, s'examina avec un soin attentif dans le miroir étoilé et piqueté de points noirs. Elle releva ses lourds cheveux en une natte courte qui frôlait le haut de ses épaules en partie dénudées par la robe.

Elle aviva ses lèvres. Elle avait baigné ses yeux d'eau tiède et personne ne se serait aperçu qu'elle avait longuement pleuré. Elle jugea son image parfaite et quitta la maison.

Elle avait juré que le dimanche qui arrivait elle ne le passerait pas dans la petite ville, et elle allait trouver le seul homme capable de l'emmener loin de cette terre aride. Cet

homme, don Manuel, lui inspirait confiance.
Elle deviendrait, c'était inévitable, sa maîtresse,
mais serait choyée, vivrait dans le luxe et loin
de ce pays. Don Manuel n'était pas homme à
risquer le scandale en vivant avec une mineure
d'à peine seize ans. Il trouverait certainement
une solution satisfaisante pour eux deux.

Elle parcourut rapidement la distance jusqu'au domaine de la famille Garrido. Elle pénétra dans le parc et au tournant d'une allée
resta interdite. Une quinzaine de jeunes gens et
de jeunes filles occupaient une grande pelouse.
Il y avait même un air de danse qui s'échap-
pait d'un tourne-disques, et, sur une minuscule
piste en bois ciré des couples dansaient un
tango. Elle les connaissait tous, ces enfants heureux de riches familles, qui constituaient la
bonne société du gros bourg, société dont elle
faisait toujours partie, mais dont sa pauvreté
lui interdisait l'accès. Ces filles, qui n'étaient
pas aussi jolies qu'elle, mais que leur parure
embellissait, ces garçons joyeux, c'étaient les an-
ciens compagnons de son enfance, du temps où
son père n'avait pas dilapidé leur fortune.

Elle voulut s'enfuir, mais quelqu'un l'avait
vue, et c'était Don Jorge, le fils de don Manuel.

Il se précipita vers elle Il avait toujours été très gentil avec elle, les rares fois où elle avait été mise en sa présence. Il devait avoir le même caractère que son père.

« Lucia ! Comment allez-vous ? Par quel heureux hasard ?

— Je ne savais pas que vous organisiez une garden-party. Je suis honteuse d'arriver...

— Du tout, du tout, et n'eût été la crainte de vous obliger, c'est avec joie que je serais venu vous inviter les autres fois. Venez. »

En quelques secondes, les danseurs abandonnèrent la piste, les débuts de flirts en restèrent là. Tout le monde entourait Lucia. Les garçons la regardaient avec des yeux brillants, en véritables coqs espagnols qu'ils étaient. Les regards des filles détaillaient la simple robe à la couleur passée, les espadrilles propres, mais de corde, comme la première paysanne venue. Seulement, elles ne fixaient pas la jeune fille dans les yeux, parce qu'ils étaient de feu et leur dédain était plus fort que leurs airs de mijaurées.

Une minute plus tard, tout était en place à nouveau, les danseurs et les flirts.

« Venez; nous allons boire quelque chose », proposa Jorge.

Il l'entraîna vers une table basse, la même sur laquelle son père Don Manuel avait servi les orangeades à la jeune fille. Elle le vit secouer une sorte de bouteille thermos, qu'il prit dans la glacière, et il lui en versa un plein verre. Il secoua à nouveau le shaker, Lucia ignorait jusqu'à ce mot, et se servit lui-même :

« Goûtez vite. Il faut que ce soit frais. »

Ce devait être très alcoolisé, mais c'était doux, et cela sentait le poivre et la canelle.

« C'est de mon invention. C'est bon ? »

Elle fit signe que oui. Il lui offrit une cigarette de tabac blond et elle fuma avec plaisir. Cela lui arrivait si rarement.

Elle voulut expliquer sa présence :

« Je venais voir votre père...

— Mon père ? demanda le garçon avec une pointe d'ironie.

— Il m'avait prêté des revues sur les courses de toros et je voulais lui dire que je les gardais encore un moment... »

Elle inventait au fur et à mesure son histoire. Le garçon l'écoutait avec un sourire.

« Mais tant que vous voudrez. Il en a tant et tant dans son cabinet de travail que celles que

vous lui avez empruntées ne peuvent lui man-
quer. Savez-vous qu'il prépare un livre sur les
corridas ? Je ne sais sur quelle époque, mais je
crois que ce sera bien, car tout ce qu'il fait est
bien.

— Vous-même êtes un toréro ?

— Tellement maladroit, si vous saviez ! Pour
faire rire mes amis seulement.

— Vous êtes certain que votre père n'aura
pas besoin de mes revues ?

— Certain. Pour vous tranquilliser, je vous
dirai mieux : mon père n'est pas là, il est parti
en voyage et ne reviendra qu'au début de l'au-
tomne. Il suit quelques courses pour je ne
sais quel chapitre de son bouquin qui doit
sortir bientôt et dont il corrige les épreu-
ves. »

Il bavardait et ne se rendait pas compte que
la jeune fille venait de pâlir brusquement. Don
Manuel absent ? C'était la fin de ses espoirs, de
ses rêves. Elle était effondrée, puis, tout à coup,
elle partit d'un rire nerveux qui étonna son
compagnon.

« Ce que vous m'avez fait boire ! expliqua-
t-elle.

— Encore un peu ? »

Elle accepta. Effectivement, l'alcool lui montait à la tête. Sa déception apportait un tel trouble que les deux choses se fondaient en une ivresse nerveuse. Elle but un autre cocktail avec avidité. Le garçon la regardait étrangement.

« Voulez-vous danser ?

— Je ne sais pas, avoua-t-elle.

— Ça ne fait rien. »

Il l'entraîna. Ce n'étaient que des rythmes lents que diffusait le minuscule pick-up. Elle fut très vite sensible aux mouvements, et le garçon l'en félicita sans détours. Elle remarquait l'attention qu'il lui portait et s'en trouvait flattée. Il ne restait que quelques couples autour de la piste. Les autres étaient dans les sous-bois proches... La garden-party ne devait être qu'un prétexte à tranquilliser les parents et garçons et filles y voyaient certainement un autre but que les danses et les rires en commun.

« Voulez-vous que nous allions près du petit ruisseau qui coule dans le bois ? Il y fait encore meilleur qu'ici. »

Elle accepta. Elle changeait tout à coup de tactique. Après tout le fils valait certainement le père et il était étudiant à Madrid. Il devait

mener une vie assez libre et peut-être qu'elle
avait toutes ses chances.

Ils allèrent sous les ombres des grands arbres.
Il lui avait pris le bras et elle sentait parfois
une douce pression sur sa chair nue. Elle devenait molle et sa hanche frôlait celle du jeune
homme puis s'y appuya d'une façon constante
et sans équivoque.

Il voulut l'embrasser mais elle détourna la
tête avec malice. Ils arrivaient près du ruisseau
qui coulait avec un bruit léger. Elle s'assit et il
prit place à côté d'elle. Cette fois elle accepta
qu'il pose ses lèvres sur les siennes qu'elle en-
trouvrit. Le garçon s'étonna de cette science
amoureuse chez une fille qu'il croyait igno-
rante. Quand sa main rencontra dans le décolleté de la robe un sein nu et dur il eut la figure
qui s'empourpra. Il la coucha sous lui en lui
mordant les lèvres. D'ordinaire au cours des
garden-parties les flirts allaient bon train mais
il était rare d'aller jusqu'au bout avec des filles
que l'on épouserait peut-être un jour. On se
contentait de caresses assez floues de part et
d'autre. Il fut surpris qu'elle ne repoussât pas sa
main quand celle-ci se glissa sous la robe légère, fendit sans difficulté la ligne de réunion

des cuisses rondes et tièdes. La main trouva un slip menu qu'elle baissa à demi.

Lucia se laissait prendre au jeu et ses yeux se révulsaient. Il se pencha vers sa bouche, la dévora tandis qu'avec habileté il commençait de retirer son slip. Elle acceptait de se cambrer pour lui faciliter la chose. Il était hardi mais déconcerté à la fois, se demandant si la jeune fille ne lui tendait pas un piège. La conquête était trop facile. Il releva la robe jusqu'à la ceinture, découvrit le ventre bronzé, le delta crépu dans lequel il enfonça nerveusement ses longs doigts. Elle ferma les yeux de bonheur. Il savait caresser une fille, trouver exactement ce qu'elle souhaitait qu'il fasse mais comme il s'attardait un peu trop à ce préambule elle lança sa main, trouva la toile du pantalon, la force têtue qui le gonflait. Elle défit des boutons, s'acharna jusqu'à ce qu'elle libère cette flèche de chair brûlante qu'elle étreignait avec force, lui faisant mal. Mais Jorge, trop surpris de cette audace pour s'y arrêter se sentit brusquement guidé vers la douce entaille de Lucia. Il la prit assez rudement, maladroitement mais après de longs jours d'attente peu lui importait. Le plaisir était là, la débordait et le garçon pensa avec

une vanité déplacée qu'il était seul responsable
de cette extase. A son tour il fusa en longs
traits fulgurants, l'écrasant de tout son poids.

Dans son inquiète perplexité il se serait con-
tenté de cette victoire mais elle le traqua des
mains et de la bouche et il ne résista pas à l'appel de cette chair presque encore enfantine qui
le sollicitait.

Puis galamment il l'aida à se rajuster, lui
tendit la main mais tout cela sentait la hâte de
se débarrasser d'elle. Il avait maintenant honte
et surtout peur que ce moment de faiblesse
n'ait pour lui des résultats décevants. Elle ne
fut pas dupe, c'était à nouveau un rude coup à
son orgueil, à sa recherche constante d'évasion.
Elle fut dure :

« Vous n'attendiez pas une telle facilité
n'est-ce pas ? Que diraient vos amies (elle insista sur le e muet.) si elles savaient que je viens
de me donner à vous avec tant de rapidité ? »

Elle parlait fort.

« Je vous en prie. On peut nous entendre.

— Que craignez-vous ? Le scandale ? Que vos
parents n'apprennent la chose et que ces char-
mantes garden-parties soient suspectées par votre société ?

— Lucia par pitié. Je ne vous reconnais pas. Non, pas du tout. Moi qui vous prenais pour une fillette timide. Ne parlez pas ainsi.

— Tout à l'heure, je suis certaine que vous auriez été furieux si j'avais vraiment été une fillette timide jusqu'au bout. »

Il s'arrêta pour la regarder avec crainte :

« Que cherchez-vous ?

— Moi rien. Si j'ai accepté de me donner à vous c'est que j'en avais envie et vous aussi. Ce que je n'aime pas c'est cette hâte puritaine de bon fils de famille que vous avez de vouloir m'éloigner. Pourquoi ne resterais-je pas ? Il y a ici d'autres garçons qui sont aussi beaux que vous. »

Il chercha à l'amadouer :

« Lucia, pardonnez-moi. Je suis tellement étonné de ce que nous avons fait que j'ai un peu perdu la tête. Vous pouvez rester ici tant que vous voudrez. Vous êtes mon invitée. »

Le sang espagnol lui dictait ce sacrifice. Il serait certainement effrayé si elle acceptait mais il ne pouvait passer pour un mufle.

Elle sourit :

« Je vous aime mieux ainsi. »

Elle lui tendit la main :

« Je préfère rentrer chez moi. Excusez-moi
d'être venue vous déranger aussi impoliment. »

Il en resta muet d'autant plus que, maintenant qu'elle marchait rapidement vers la sortie
du parc, il lui avait semblé que les beaux yeux
de la jeune fille étaient humides.

Jusqu'à cinq heures du soir elle rôda dans la
campagne. Elle se sentait brisée par cette série
de drames et de coups perfides du sort. Elle allait sans savoir où, traînant ses pas dans les chemins de terre et les sentiers. Cette sensation
d'être perdue dans un monde qui ne voulait
pas d'elle et aussi celle d'être liée à vie dans
cette austère terre natale, l'anéantissaient.

Longtemps elle fut incapable de réfléchir.
Elle n'était que désespoir et tristesse profonde.
L'alcool qu'elle avait bu lui donnait maintenant des nausées. L'ivresse était partie en
même temps que les derniers spasmes du plaisir.

Don Manuel ne reviendrait pas avant des semaines et des semaines. Elle n'aurait pas la patience d'attendre. Elle ferait quelque chose.
Elle pensait à la mort. Ce serait facile d'en fi-
nir. Mais elle avait découvert quelque chose de
merveilleux, le plaisir que pouvait lui procurer

son corps. Avec ce plaisir s'était réveillé ce désir d'évasion. Elle avait choisi Perico. Le choix
était mauvais mais faute de moyens... Cet idiot
qui tombait si bêtement dans le piège de Manuela et de ses extravagances amoureuses ! Elle
se mit à rire dans ses larmes. Dans combien de
temps se rendrait-il compte, ce paysan, qu'il
s'était amouraché d'une femme vieillissante ?
Manuela se flétrirait vite. C'était le destin des
femmes du sud même lorsque leur corps ne pei-
nait pas sous le soleil. Il fallait les soins des instituts de beauté pour rester acceptable après
quarante ans. Cela ne la consolait pas de l'ab-
sence de don Manuel. Lui n'aurait pas essayé
de se débarrasser d'elle une fois qu'il aurait ob-
tenu ce qu'il désirait. Il l'aurait guidée, lui aurait indiqué la marche à suivre. Ah ! pourquoi
n'avait-elle pas succombé la dernière fois ? Elle
avait été d'une sottise ridicule. Elle ne serait
certainement pas là à se désoler en ce moment.
Elle arrêta sa marche sans but et s'assit sur une
pierre le long du chemin qu'elle suivait. Elle y
resta presque une heure mais quand elle se releva elle souriait avec superbe.

CHAPITRE XII

DISSIMULÉE derrière les volets joints de sa chambre, c'est-à-dire de celle de Manuela, Lucia observait la rue plongée dans la nuit. La lune n'était pas encore levée. La chambre était située juste au-dessus de la porte d'entrée. Elle attendait depuis neuf heures et il en était dix.

Plusieurs ombres marchaient dans la rue. C'étaient eux sans nul doute. Le padre José avait agi avec rapidité. Elle s'agenouilla pour ne pas être vue sans quitter son poste d'observation. On frappait à la porte. Elle attendit quelques secondes, laissant croire qu'elle s'habillait et se pencha à la fenêtre.

« Qu'est-ce que c'est ? demanda-t-elle d'une voix apeurée.

— La demeure de la señora Torca ?

— C'est ici, je suis sa belle-fille.

— Veuillez nous ouvrir sans tarder. Nous sommes de la police ! »

Elle inclina la tête et se hâta. Dans le corridor elle tambourina à la porte de sa propre
chambre où Manuela et Perico couchaient :

« La police est en bas, Manuela, et elle te
demande. »

Il y eut des murmures et des bruits de pas
sur le parquet. La jeune fille sourit puis descendit les escaliers en faisant claquer ses talons.

Echevelée, mi-habillée, Manuela la rejoignit
dans le corridor du bas. Elle l'agrippa féroce-
ment par l'épaule :

« C'est toi, n'est-ce pas ? » demanda-t-elle
d'une voix sourde pleine de haine.

La jeune fille s'étonna :

« Moi qui ?

— Qui as alerté la police ? J'aurais dû me
méfier. Tu étais capable de faire ça. »

On frappait fort à la porte. Lucia échappa à
l'étreinte de la jeune femme et se précipita
un homme se présenta. Il était habillé en civil
mais derrière venaient des gardes en uniforme.
Ils entrèrent.

« Vous avez affirmé avoir vu Perico Lapiza
chez vous ? »

Elle le regarda avec un demi-sourire :

« Oui, cette après-midi il a tenté de pénétrer

dans notre cuisine, certainement pour y voler de la nourriture. J'en ai parlé à monsieur le curé qui vous a alertés. Je craignais qu'il ne pénètre chez nous comme la fenêtre de notre chambre donne sur le vieux quartier et que d'un saut, un homme peut pénétrer à l'intérieur de la pièce. »

L'homme en civil se tourna vers doña Manuela :

« Madame avez-vous, vous-même, aperçu ce garçon ? »

Elle répondit avec difficulté :

« Je crois que ma belle-fille a eu une hallucination ou a fait une grosse erreur. Je suis certaine qu'il n'y a personne ici. »

L'homme la regarda fixement et elle soutint son regard. Celui de l'homme finit par glisser le long du cou gracieux et blanc jusqu'au décolleté où les rondeurs des seins créaient des ombres suggestives.

« Je crois qu'il est préférable que nous montions là-haut, finit-il par dire, avec une sorte de regret. Voulez-vous nous indiquer le chemin ?

— Monsieur vous venez de pénétrer chez des femmes seules à la tête de plusieurs hommes. Nous venons de quitter notre chambre et ce n'est guère en votre honneur de vouloir la visiter telle qu'elle est. »

L'homme sourit :

« Hélas, madame, dans notre métier nous ne devons pas trop penser à notre honneur. »

Résolu il s'avança et Lucia le précéda avec agilité.

« Venez, c'est par ici. »

Il pénétra seul dans la chambre. Tout de suite ses yeux s'attachèrent au lit, où l'on pouvait nettement relever la trace de deux corps.

« Vous partagez la chambre avec votre belle-mère ? » demanda-t-il.

La jeune fille fit semblant de ne pas entendre et se pencha vers la fenêtre :

« Je n'ai pas eu une hallucination. C'est là-bas derrière cette murette que j'ai vu le garçon. Je le connais de vue l'ayant aperçu quelques fois dans le village. Je ne peux m'être trompée.

— Vous l'avez vu quand ?

— En fin d'après-midi et c'est alors que je suis allée chez le padre José qui vous a alertés.

— Nous étions ailleurs et n'avons pu venir immédiatement. De sorte que Perico Lapiza doit être loin à cette heure.

— Ou toujours dans le vieux quartier. Il y a tellement de cachettes possibles. »

Il la regarda avec curiosité :

« Vous paraissez le connaître ?

— J'avais l'habitude de m'y rendre avant de savoir que ce garçon s'y terrait. Je n'ai qu'à sauter sur le toit voisin et j'y suis. »

Il fronçait le sourcil. C'était un homme de quarante ans certainement chargé de famille et déjà gonflé de complexes paternels.

« Ce n'est guère un jeu de jeune fille. »

Elle sourit avec défi :

« Quel mal ai-je fait ?

— Pouvez-vous m'accompagner dans ces lieux ?

— Seule avec vous ? » dit-elle en lui renvoyant la balle.

Il rougit légèrement.

« Mes hommes ne vont pas tarder à fouiller chaque recoin de ces ruines. Allons-y et faites-moi voir comment vous sautez. »

Elle sauta mais tomba maladroitement et resta allongée sur le sol. L'homme la rejoignit en hâte et se pencha vers elle :

« Vous êtes mal tombée ? Qu'avez-vous ? »

Elle prit un ton geignard.

« Je crois que je me suis blessée. La cheville me fait mal. »

Elle essaya de se mettre debout mais réprima une grimace.

« Aïe !

— Señorita, je suis désolé.

— Ce n'est rien. Si je n'avais pas voulu me vanter cela ne serait pas arrivé.

— Je vais vous ramener chez vous. Peut-on descendre et rejoindre votre demeure sans passer par la fenêtre ?

— Oui, par là. »

Ils pénétrèrent dans la maison lentement, la jeune fille s'appuyant sur le policier. Manuela attendait, le visage crispé d'angoisse, dans le salon.

« Mademoiselle s'est blessée. Il faudrait voir comment sa cheville se comporte. »

Elle semblait se comporter assez bien. Mais Lucia se dirigea vers l'escalier.

« Je vais m'étendre. Ma belle-mère pourra vous donner les renseignements que vous désirez, señor. »

Elle grimpa difficilement les marches mais aussitôt dans le corridor du haut elle se précipita, s'enferma dans sa chambre et courut à la fenêtre. Elle sauta sans tomber cette fois et se dirigea sans chercher son chemin.

En une minute elle se trouvait sur la terrasse secrète. Elle découvrit l'ombre apeurée qui se cachait dans un recoin :

« Perico ? »

Elle chuchotait. Il vint à elle et elle vit qu'il luisait de transpiration. Cela la fit sourire.

« Vite, ils connaissent ta cachette. Ils viennent de le dire à Manuela. Elle discute avec eux.

— Pourquoi n'est-elle pas venue, elle ? demanda-t-il avec rage.

— Et sa réputation mon pauvre Perico. Jusqu'au bout elle veut faire croire qu'elle est une femme bien et respectable. Tu es encerclé et il n'y a qu'une seule issue. »

Il essayait de distinguer ses traits.

« On repasse par la fenêtre. Dans la chambre j'ai nos paquets qui attendent. Tu as toujours l'argent ? »

Il répondit un oui sans chaleur.

« Pendant que Manuela discute avec l'homme on leur passe sous le nez et on file par la rue, direction Sagros. »

Il restait silencieux. A ce moment il y eut du bruit dans l'une des ruelles voisines. Il fit un bond.

Elle lui prit la main et il suivit docilement. Dans la chambre elle ne fit que prendre une valise toute prête, puis mettant son doigt sur sa bouche elle l'entraîna dans l'escalier. Il y avait un bruit de voix dans le salon et on distinguait celle de Manuela. Perico hésita puis il se décida. Ils franchirent la porte d'entrée et se lancèrent dans la rue.

*

Le soleil se levait sur un paysage de désolation. Depuis l'aube ils ne trouvaient plus aucun sentier praticable et se dirigeaient selon le soleil en suivant le lit d'un torrent que ne fréquentait qu'un filet d'eau.

Ils arrivèrent devant un groupe de cyprès et la jeune fille se laissa tomber à terre. Elle désigna la valise.

« Il y a de quoi manger. J'ai faim et soif. Il y a de l'eau heureusement dans ce torrent »

Il s'assit lui aussi. Depuis leur départ ils n'avaient prononcé que de rares paroles. Perico

était complètement hébété et suivait la jeune
fille comme un mouton.

Ils mangèrent et s'allongèrent.

« Tu sais, dit Lucia regardant un nuage al-
longé qui rougissait avec le soleil qui montait à
l'horizon, tu sais il vaut mieux voyager de nuit
et au petit matin. On risque moins de rencon-
trer des gens. Heureusement que c'est la pleine
lune cette semaine. Certainement que les policiers sont lancés à nos trousses, comprenant que
je les ai joués. »

Il se tourna vers elle :

« Manuela n'a rien dit ? »

Elle haussa les épaules.

« Mon pauvre ami tu ne la connais pas
beaucoup. A partir du moment où ça se com-
plique elle préfère sa tranquillité et sa réputation à tout. Elle discutait avec le policier qui
commandait. C'est tout.

— Comment as-tu pu prévoir ?

— Je ne dormais pas... A cause de toi, dit-
elle avec une fausse gêne... J'ai entendu les
pas... J'ai tout deviné... Toi pendant ce temps
tu...

— Tais-toi. »

Elle sourit puis ferma les yeux. Quand elle les

ouvrit le soleil était haut dans le ciel. Elle tressaillit. Elle était seule. Elle s'accouda et poussa
un soupir de soulagement. A quelques pas, le garçon complètement nu se lavait dans le ruisseau.
Elle resta un moment à le regarder tandis qu'une
chaleur mystérieuse sourdait dans ses flancs. Elle
mordit ses lèvres. Il fallait attendre, laisser le
temps s'écouler et guérir certaines plaies. Dans
quelques jours elle aurait gagné la partie, alors
peut-être que Perico ne serait qu'un jouet entre
ses mains. Elle ferma les yeux.

Perico revint à ses côtés et ouvrit la valise. Il
en sortit ses vêtements neufs et les mit.

A la tombée du jour ils reprirent leur marche. Du haut d'une colline, ils découvrirent
sous la lune, et grâce aux phares des rares auto-
mobiles qui y roulaient, une route. Ils la rejoignirent jusqu'à ce qu'ils trouvent une pancarte
en bois qui portait plusieurs noms, dont celui
de Sagros.

Ils longèrent la route mais à une centaine de
mètres dans un désert de cailloux et de roches
déchirées. Ils marchèrent toute la nuit. L'aube
les trouva exténués mais debout et enfin vers
huit heures du matin brusquement, dans la gri-
saille blanche de la garrigue ils virent les mai-

sons de Sagros. Ils rejoignirent la route dont ils
s'étaient considérablement éloignés à cause du
grand nombre de véhicules qui y roulaient
avec le jour. Ils pénétrèrent dans le gros bourg
au milieu d'un flot de voitures attelées, de ca-
mionnettes et d'antiques guimbardes.

Une auberge était remplie à craquer de
clients. Lucia proposa d'y rentrer et malgré la
répugnance du jeune homme ils commandèrent
deux « cafés con léche». On leur apporta deux
pleins bols de café au lait et cela les remonta
quelque peu. Ils se perdirent dans la foule des
paysans et des commerçants, se rapprochant peu
à peu de la gare. La jeune fille consulta rapidement les horaires. Il y avait un train omnibus à
12 heures 15 et il arrivait à Madrid à trois heures du matin. Quinze heures pour faire un peu
plus de trois cents kilomètres. La lenteur des
trains espagnols, surtout des omnibus, est pro-
verbiale.

« Il y a une station avant Madrid, Bronca.
C'est là que nous descendrons. Nous contourne-
rons la capitale à pied comme ton frère nous l'a
recommandé et nous prendrons le train pour
Barcelone à la première station après la capitale. »

Le garçon approuva de la tête sans un mot. Lucia acheta du pain, de la saucisse sèche et remplit d'eau une gourde qu'elle avait emportée. Le voyage s'annonçait long.

Ils dormirent tout le long et ne se réveillèrent que vers une heure du matin. Ils en avaient pour deux heures mais il n'était pas question de descendre au terminus : Madrid.

A Bronca, ils trouvèrent une petite gare endormie avec un employé qui ne fit pas attention à eux, occupé qu'il était à charger des cageots de primeurs dans les wagons de queue.

« Pour éviter la capitale il nous faudra marcher toute la nuit et une partie de la journée », dit Lucia. Elle prévoyait tout. Elle avait longuement consulté la carte de chemins de fer à Sagros et avait relevé les noms des villages à traverser sur un calepin. Ils s'enfoncèrent dans la nuit.

Ils s'égarèrent quelques heures plus tard et ils décidèrent de passer la nuit à dormir en attendant le jour. Ils s'allongèrent à l'écart du chemin qu'ils suivaient, à même le sol dans un bouquet de platanes. Une sourde angoisse torturait la jeune fille. Jusqu'à présent tout avait marché très bien et voilà qu'ils étaient perdus

en pleine campagne sans savoir où ils se trouvaient. N'importe quel policier pouvait leur
demander ce qu'ils faisaient là.

Elle chercha le corps de Perico de sa main.
Le garçon tressaillit. Elle se rapprocha de lui et
finalement elle sentit ses lèvres qui cherchaient
les siennes. Elle s'attacha avidement à lui avec
une sorte d'énergie farouche et elle hâta le dé-
nouement des caresses. Elle se sentit prise dans
un tourbillon quand il fut en elle, un tourbillon qui mêlait les étoiles au-dessus de leurs têtes, aux odeurs de la terre chaude et des platanes, et aux plaisirs de ses sens enfin comblés.

Le lendemain ils retrouvaient leur route
mais c'était toujours un Perico sombre et son-
geur qu'elle traînait dans son ombre.

CHAPITRE XIII

Il y avait cinq jours qu'ils avaient quitté leur pays et ils arpentaient les Ramblas, la grande artère de Barcelone qui traverse toute la ville avec une altière perspective bordée de splendides immeubles, de la mer au centre de la cité. Lucia avait fini par trouver avec un flair vraiment perspicace un plan de la ville. Ils ne devaient pas être loin de la rue de la Conquête.

C'était une étroite voie aux hautes maisons vieilles et sales, une rue pauvre et certainement mal fréquentée, et ce que ne savait pas Lucia une rue du Barcelona de Noche, du Barcelone de nuit, du Barcelone clandestin. Le numéro 148 n'offrait qu'une étroite façade sur la rue et s'élevait en quatre étages vers le ciel.

Ils pénétrèrent dans un corridor humide et qui sentait mauvais, pour déboucher dans une courette. Une vieille femme lavait du linge dans un seau.

« Le señor Llanero ? » demanda Lucia.

Elle tendit son bras maigre vers un gros homme qui dormait, il était quatre heures de l'après-midi, dans une chaise-longue. Il ronflait même. Il était gros et laid avec une figure graisseuse. Des mouches bourdonnaient tout autour de lui. Lucia attendit un instant puis appela :

« Señor Llanero, señor Llanero. »

Il fronça les sourcils, ouvrit les yeux, les considéra avec un air furieux, mais estima la fille jolie et les interrogea d'un coup de son menton gras.

« C'est le frère de Pablo Lapiza... »

Il restait sans réaction, les examinant sans retenue.

« Pablo Lapiza, répéta Lucia avec un tremblement. Il a dit que nous pourrions descendre chez vous. Il devait vous écrire. »

L'homme hocha la tête :

« Le valet de Luiz Raminon ? Il m'a écrit mais je n'attendais qu'un garçon et vous êtes deux ?

— On payera ce qu'il faudra. »

L'homme haussa les épaules.

« Il s'agit bien d'argent. Quel âge as-tu la fille ? »

Lucia se cabra devant le tutoiement mais réussit à mater son orgueil.

« Dix-huit ans, mentit-elle.

— Ouais ! La police risque de se fâcher si j'héberge des gamines. Pablo me met dans de drôles de draps. Je vais vous donner une chambre. Défense de cuisiner et de faire trop de bruit. Mes clients aiment le silence. Rosa ? »

La vieille femme le regarda, abandonnant son seau plein d'eau savonneuse.

« Conduis-les au troisième, au 17. »

Se pouvait-il qu'il y ait de telles chambres dans les villes. Elle aurait préféré la peinture au lait de chaux et le lit de celle qu'elle avait abandonnée. Un papier douteux recouvrait les murs et un tapis achevait de s'effilocher sur le parquet bosselé. Un lit étroit occupait presque toute la pièce tant elle était exiguë. Derrière un paravent, une toilette.

« L'eau est en bas et si vous en voulez un broc, c'est deux pesetas », croassa la vieille.

Lucia lui tendit le broc et l'argent.

« Rincez-le avant de le remplir. »

La vieille haussa les épaules. Ils furent seuls. C'était désolant et la jeune fille se sentait déprimée. Perico restait dans sa rêverie douloureuse.

« Il nous faut attendre combien de temps ici ? Plus d'un mois ? »

La vieille entra sans frapper alors que Lucia assise sur son lit enlevait ses espadrilles à bout d'usure.

« Si tu montres ça, dit-elle en désignant ses jambes, tu pourras croûter. »

Elle s'en fut, en ricanant semblait-il. Lucia ouvrit la valise et en sortit du pain rassis et un reste de saucisse. Ils mangèrent dans un silence triste.

*

Avec le soir la courette s'anima. Elle se pencha vers le bas par la fenêtre mais il y avait du linge étendu qui l'empêchait de voir. Il y avait des cris et des rires. Les clients de Llanero n'aimaient pas autant le silence que celui-ci avait bien voulu le laisser entendre. Toute la nuit il y eut des cris et du vacarme. Il y avait des airs de musique et des claquements de talons. Des rires et des bravos. Ils s'endormirent sans un baiser, sans une caresse.

Le lendemain elle descendit chercher un broc d'eau dans la cour et le gros Llanero l'arrêta.

« Vous avez bien dormi ? »

Elle fit signe que oui. Mieux valait flatter le gros homme plutôt que d'être mis à la rue. Où seraient-ils allés ?

« Pablo vous avait parlé du prix ?

— Quarante pesetas par jour.

— Pour un, oui, mais vous êtes deux et avec toi il y a double risque la petite, cent pesetas par jour. Tu vas me donner une semaine à l'avance pour que nous soyons d'accord. »

Elle remonta, informa un Perico indifférent de ce que venait de dire le gros homme, prit deux billets de cinq cents pesetas.

Revenue en bas elle les tendit au gros homme qui ne lui rendit pas de monnaie :

« Comme ça vous avez payé pour dix jours. Si vous voulez des provisions j'ai une épicerie. Vous pouvez passer dans la cour. »

Elle acheta des fruits, de la charcuterie, du vin pour le garçon espérant que cela le dériderait. Le prix qu'elle paya l'épouvanta. Llanero rit de son étonnement :

« Avec ta figure tu pourras en trouver d'autres, de pesetas. »

Le ton équivoque de ces paroles écœurèrent la jeune fille. Elle remonta en hâte vers le garçon qui venait de se réveiller. Il consentit à boire du vin.

« A ce train nous n'en avons pas pour long-temps, dit Lucia. Il nous reste à peine cinq cents pesetas. »

Il haussa les épaules, but un autre verre de vin et s'allongea sur le lit.

Au bout de quelques jours elle s'enhardit et sortit dans la rue de la Conquête.

Elle fut discrètement sifflée, appelée par des hommes habillés de façon assez voyante qui se pressaient dans de petits bars sombres dont chacun avait une minuscule terrasse de deux ou trois tables devant l'entrée.

Elle gagna les Ramblas et les quartiers chics et passa sa matinée à s'extasier devant les magasins. Elle avait découvert enfin le luxe, ce qui l'avait attirée dans cette ville.

Elle rentra à midi et se hâta après avoir fait ses achats dans la boutique de Llanero plus empressé que jamais. Dans l'escalier elle rencontra un homme jeune, de taille moyenne et très bien habillé. Il portait une fine moustache au-dessus de lèvres minces. Il lui lança un long regard et s'effaça pour la laisser monter. Son cœur battit plus vite.

Perico l'attendait avec un air mauvais.

« Où étais-tu ?

— Me promener. »

Ils mangèrent. Une fois étendu sur le lit, le garçon prononça entre ses dents :

« Mon frère a dit de ne pas sortir, de ne pas se faire repérer.

— Pour toi oui, moi je n'ai pas envie de mourir aux côtés d'un homme qui ne desserre pas les dents.

— Je ne veux pas que tu sortes », dit-il en se levant.

Il était pâle de rage. Elle le regardait avec défi mais elle se sentait faible soudain devant lui. Il la gifla avec force. Elle ne broncha pas. Elle n'eut même pas un sourire de dédain. C'était inattendu. Elle croyait cependant le comprendre. Il était désespéré d'avoir quitté Manuela, d'être lui, un paysan du Sud, perdu dans une ville immense. Il ne pouvait supporter son contentement à elle, son air dégagé. Il lui en voulait de ne plus être angoissée, parce qu'elle était allée visiter la cité.

Elle se coucha mais il l'attira à lui. Sans baisers, sans caresses il la prit. Ça aussi c'était un réflexe d'homme traqué qui veut détendre ses nerfs.

Elle avait écrit au frère de Perico pour le mettre au courant de leur situation. Les jours passaient et elle voyait arriver l'échéance où il faudrait à nouveau donner mille pesetas pour la location de la chambre. Il ne leur restait que cent cinquante pesetas. Elle avait bien, cousu à l'intérieur d'un ourlet de sa robe, l'argent que la madre Lapiza lui avait rendu sur la somme qu'elle lui apportait mais elle ne voulait y toucher qu'au dernier moment.

Puisque Perico ne pouvait sortir sans danger pour lui, elle décida d'aller travailler et de gagner l'argent nécessaire en attendant la chance de voir ses rêves de luxe se réaliser.

Un matin, en faisant ses commissions, elle demanda à Llanero s'il ne connaissait pas un emploi pour elle.

« Tu veux travailler ? s'esclaffa-t-il. Et quoi faire ? »

Elle avoua qu'elle ne connaissait aucun travail particulier.

« Ici, il y a des filatures et les femmes tra-

vaillent le coton mais en un an on croira que
tu as trente ans et à vingt ans tu seras une
vieille. C'est dur et ça ne paie pas. Pour toi,
jolie et surtout jeune comme tu l'es, il y a un
autre travail autrement agréable. Si tu veux des
tuyaux je peux te les donner, fillette. »

Elle s'éloigna sans répondre. Elle surprenait
sur le vif l'existence d'une des tares de la société dont elle n'avait eu jusqu'à présent que
de vagues idées.

Elle ignora Perico qui lisait un journal
qu'elle lui avait apporté et s'allongea sur le lit,
malheureuse, pleine de dégoût pour cette
chambre, ce quartier. Elle résista tant qu'elle
put aux larmes qui lui venaient aux yeux.

Quelqu'un passa à côté de leur porte en
sifflotant et elle eut un choc au cœur. Chaque
jour elle rencontrait le joli garçon à la moustache. Il lui avait d'abord souri et maintenant ils
se disaient quelques mots en s'arrêtant l'un contre l'autre car l'escalier était étroit.

Elle ouvrit les yeux, regarda la silhouette de
Perico dans ses habits de paysan. Il perdait de
sa beauté avec sa veste étriquée dans laquelle il
n'était pas à son aise. Sa peau privée de soleil
blanchissait. Il se négligeait et ses cheveux for-

maient une tignasse tandis que sa barbe n'avait
pas été rasée depuis trois jours.

Elle pensa à son inconnu qui habitait au dernier étage sous le toit. Est-ce qu'il travaillait ?
A quoi ? Il paraissait avoir de l'argent. Elle
s'endormit en rêvant à lui.

*

Un matin elle allait lentement le long des
Ramblas quand elle s'entendit saluer.

« Bonjour voisine. »

C'était l'inconnu du quatrième. Elle sourit.

« Bonjour. »

Il était près de midi. Elle pensa qu'il reve-
nait de son travail. Elle n'avait jamais pensé
que ce travail pouvait être modeste pour que le
jeune homme loue une chambre chez Llanero.
Il pouvait aussi y avoir une autre raison.

« Vous rentrez ? demanda-t-il.

— Oui, je crois qu'il est midi.

— On vous attend ? »

Elle se rebiffa :

« Oh, non pas du tout ! »

Il lui parla gentiment de ce qu'ils aperce-
vaient en marchant.

« Voulez-vous boire quelque chose ? »

Aller dans un bar avec un homme ? C'était à la fois scandaleux et bien tentant.

« Si vous voulez. »

Ils burent deux madères dans un coin d'une salle exiguë. Il y avait d'autres femmes mais déjà âgées, trop maquillées et au profil mauvais quand elles fixaient la petite.

« Pourquoi ont-elles l'air de me fusiller ? » demanda-t-elle à voix basse.

L'homme, Henrique, avait-il seulement dit en se présentant, se mit à rire et murmura :

« Parce que vous êtes jeune et jolie. »

Elle rougit un peu, but davantage. Ils rentrèrent ensemble et Llanero avait un air patelin de les voir.

Il l'arrêta avant qu'ils n'atteignent le troisième.

« Nous nous reverrons n'est-ce pas ?

— Oui, je veux bien. »

Il fit un signe.

« Votre compagnon ? »

Elle haussa les épaules ce qui fit sourire l'homme.

« Venez donc me voir tout à l'heure vers trois heures. Je serai chez moi, au numéro 21.

Elle hésita à peine et promit.

La chaleur était intenable l'après-midi et Perico gorgé de vin s'endormit comme une masse
aussitôt le maigre repas avalé. Elle attendit
qu'il soit profondément endormi avant de quitter la chambre. Elle s'était faite belle et c'est
avec gaieté qu'elle monta au quatrième.

Henrique lui ouvrit la porte. Il avait une
sorte de pyjama d'intérieur en soie verte
qu'elle trouva très chic. La pièce sentait le tabac blond et aussi le parfum. Il lui offrit à
boire. Il avait un petit frigidaire et l'eau cou-
rante. La chambre était très agréable, la tapisse-
rie claire et neuve.

« J'ai tout fait réparer à mes frais. Je n'aime
pas vivre dans un taudis. Mais asseyez-vous
donc. »

Ils burent et il plaça des disques sur un
électrophone. Il vint ensuite s'asseoir à ses côtés
tandis que la musique douce envahissait la
pièce plongée dans une demi-pénombre.

Il enlaça sa taille ronde et tiède, attira la
jeune fille vers lui et l'embrassa. Elle frémit. Ni
Perico ni Jorge ne lui avaient donné de tels
baisers. Il découvrit sa poitrine menue et drue.
Il sourit.

« Je me doutais que tu ne portais pas de soutien-gorge. Tu as tort. Tu devrais en mettre, avec des volants. »

Il l'embrassa et elle ne faisait pas trop attention à ses paroles. Il découvrit ses jambes.

« Mais tu es bronzée comme une fille des Iles. C'est splendide. Tu vas au solarium ? »

Elle secoua la tête et lui avoua comment elle se faisait brunir chez elle. Il rit.

« Tu as de belles jambes. Longues et rondes. »

Elle haletait doucement et il accrut son trouble par un autre baiser prolongé. Sa main allait toujours.

« Pour toi qui es si jolie ce n'est pas ce qu'il te faut comme dessous. Il te faudrait un jupon léger et coquin. Un slip plus étroit et plus frivole avec des petits volants sur les côtés. »

Elle était complètement nue et il la regardait longuement. Plus que des caresses savantes cette façon de faire attisait les sens de Lucia. Elle avait mis un bras sur ses yeux pour les cacher mais elle distinguait la figure de l'homme qui se penchait vers elle.

« Tu es une belle gosse. »

Il ôta tranquillement son pyjama et exhiba

une tige qui lui parut énorme à côté de celle
de Perico ou de Jorge. Sachant à l'avance l'effet
qu'il produisait sur les femmes, il se pavana un
peu. Si elle le trouva ridicule elle ne le montra
pas. Mais cette chair tendue l'affolait. Il lui
prit les mains, les posa sur lui, assis au bord du
lit. D'une voix doucereuse il l'encouragea crûment à le caresser. Puis il appuya sur ses douces
épaules frissonnantes pour qu'elle s'agenouille.
Il souriait mystérieusement et elle se sentait di-
rigée habilement, entraînée par l'homme à une
expérience muette et vicieuse. Elle eut un rai-
dissement intérieur, une sorte de révolte de son
orgueil de femme puis elle céda comme sous le
fluide, éprouvant quelque jouissance de cette
soumission, pensant qu'à trahir Perico il fallait
le faire dans les pires conditions. Jamais elle
n'était allée si loin et ces jeux nouveaux dépas-
saient même son désir charnel. Peut-être que
son désarroi découlait de son ignorance. Cependant elle prit bientôt un secret plaisir à aimer
l'homme de sa bouche, à gober son désir sur un
rythme de plus en plus rapide. Cette vibration
d'Henrique qui se répercutait dans tout son
corps atteignait son ventre, sa chair intime, la
fouaillait d'un commencement de volupté.

Longtemps il se contint comme pour mettre sa bonne volonté à l'épreuve puis soudain la maintint pour qu'elle n'essaye pas de lui échapper avant le jaillissement final.

Elle n'était plus qu'une chose pantelante lorsqu'il la jeta sur le lit, à plat-ventre et la posséda longuement, avec une patience inouïe, lui arrachant malgré elle des cris de volupté qu'elle essayait de noyer dans les draps. Henrique lui griffait les hanches, la croupe, la besognait avec une lucidité qu'elle était loin d'éprouver. Lorsqu'elle atteignit le summum de sa jouissance elle oublia l'homme, l'endroit sinistre où elle se trouvait pour se livrer totalement à son plaisir.

Un peu plus tard il lui offrait à boire et du feu pour la cigarette blonde.

« C'est ton paysan qui t'a dégrossie de la sorte ? dit-il avec sarcasme. Ce n'est pas mal, surtout pour ton âge mais je crois qu'il te faudra encore progresser. »

Quelque chose dit non en elle. Pour progresser comme Henrique le disait, il aurait fallu qu'elle éprouve une passion folle, aveugle pour un homme. Ce n'était pas le cas. C'était un Perico, un Jorge dans un autre genre, déguisé en homme de la ville. Il lui faisait un peu peur et

elle appréhendait sa voix dure sous une enveloppe de miel.

« Si tu m'écoutes tu peux gagner une fortune et en quelques années. »

Elle le regarda avec surprise :

« Qu'est-ce que tu as ? Je te dis une fortune.
Il te faudra quelques conseils et je suis là pour
te les donner. Il te faudra de l'argent au début
mais là aussi je suis un peu là. Pour le moment
je suis raide mais Llanero veut bien m'avancer
ce dont j'ai besoin. Il prendra une hypothèque,
il ne risque rien de toute façon. »

Elle écrasa sa cigarette dans le cendrier et regarda l'homme avec des yeux interrogateurs.

« Quelle hypothèque ? »

Il se mit à rire de son rire sans joie.

« Idiote et tout ça hein ? Tes seins, ta peau,
tes fesses. Tu crois que ça ne représente rien ?

— Et Llanero te prêtera de l'argent sur...

— Sur tout ça. Avec un petit intérêt évidemment. Vingt pour cent mais en un an il sera
remboursé et on n'en parlera plus. Il peut demander à percevoir les intérêts en nature mais
alors... »

Elle se leva, enfila la robe avec rapidité.

« Qu'est-ce que tu as ? C'est ton paysan qui

t'effraye ? Attends, je vais lui river son clou à
celui-là. Prends déjà ça. »

Il jetait un billet sur le lit à côté d'elle.

« Ne pars pas tout de suite. On a des tas de
choses à se dire et peut-être reprendrons-nous la
petite conversation intime de tout à l'heure. »

Elle était prête.

« Je n'y tiens pas. »

Il la regarda fixement puis comprit :

« Mademoiselle n'est pas contente de mes
propositions ? La señorita n'aime pas qu'on
parle d'argent ? Elle croit qu'elle pourra se
payer des mâles pour le plaisir pendant longtemps sans exiger de fric en échange ? »

Nouveau rire inquiétant.

« C'est bon, je ne suis pas dur d'oreille. J'ai
compris, tu peux filer et prendre ce fric si tu
veux. Parce qu'écoute... »

Il voulut lui prendre le menton mais elle fit
un pas en arrière :

« Ecoute. Dans quelques jours t'auras besoin
de fric et c'est pas ton paysan qui se planque
qui pourra t'en procurer. Et alors tu penseras à
moi, et moi à ce moment-là je demanderai à réfléchir, penses-y. Llanero aussi demandera à réfléchir, ma petite, et lui ses conditions seront en-

core pires que les miennes, je te le garantis.
Bonsoir. »

Elle trébucha dans l'escalier. Une panique la
poussa jusqu'au rez-de-chaussée dans la rue de
la Conquête. Elle ne voulait plus rester dans ce
quartier épouvantable. Que lui avait-on fait ?
qu'avait-on voulu lui faire faire ? Non, Henrique avait voulu plaisanter ? Elle n'était pas ha-
bituée aux gens des villes.

Elle arriva sur les Ramblas et marcha sans
regarder où elle allait.

Elle rentra au soir tombant et trouva un Perico pâle de rage qui l'attendait.

« Garce ! » dit-il simplement.

CHAPITRE XIV

L'IMPRESSION de vivre un cauchemar finit par
s'atténuer au bout de quelques jours. Elle avait
finalement avoué à Perico qu'elle possédait encore un peu d'argent sans lui expliquer que
c'était la madre Lapiza qui le lui avait donné.
Ils économisèrent sur la nourriture pour pouvoir payer la chambre. Ils étaient ignorants et
perdus. Ils n'auraient eu qu'à traverser la rue
pour trouver une chambre qui leur aurait
coûté cinq fois moins cher mais il y avait cette
lettre de Pablo qu'ils attendaient à cette
adresse et qu'on était capable de leur subtiliser.
    Maintenant ils se haïssaient. Lui la détestait
parce qu'il comprenait qu'elle l'avait joué,
qu'elle l'avait éloigné de Manuela par orgueil
et crainte d'affronter la ville toute seule. Elle
lui reprochait son inactivité, son indifférence,
sa lourdeur. Ils ne se lançaient pas des insultes

et ne se faisaient pas de scènes mais leurs yeux
et leurs attitudes parlaient pour les lèvres. Il
leur arrivait de s'aimer mais comme deux
étrangers avec le seul souci pour chacun de
prendre le plus de plaisir pour lui-même. Depuis son aventure avec Henrique, Lucia répu-
gnait à certains gestes, à certaines caresses et
Perico mettait cela sur le compte du dédain, ce
qui envenimait même leurs rapports charnels.

Llanero la recevait avec une politesse presque insultante lorsqu'elle faisait ses rares
achats. Il souriait ironiquement de voir le peu
de choses qu'elle demandait. Ils vivaient chichement, attendant la lettre du frère de Perico.
Cela faisait plus d'une semaine qu'ils guettaient
le facteur.

Un jour qu'elle était sortie durant toute la
matinée, lorsqu'elle rentra dans la chambre, Perico l'attendait, l'œil mauvais. Il ne s'était pas
rasé depuis plusieurs jours et refusait de quitter
son unique chemise pour qu'elle puisse la laver.

Elle comprit qu'il se préparait à lui faire une
scène sous n'importe quel prétexte. Il sortit de
sa poche une enveloppe et elle crut que c'était
son frère qui répondait mais en même temps

elle reconnaissait l'écriture de sa belle-mère.

« J'avais écrit, dit-il d'un ton rogue pour lui demander des explications. Maintenant je sais comment tu as agi. Sale garce. Ta belle-mère est dans le scandale jusqu'au cou à cause de toi. Plus personne ne vient la voir et elle va crever de faim. Donne-moi l'argent qui reste. »

La jeune fille lui lança son petit porte-monnaie qui contenait un peu plus de cinq cents pesetas.

« Je vais le lui envoyer. Tu te débrouilleras pour vivre mais il ne sera pas dit que je la laisserai mourir de faim. »

Elle le regardait avec une sorte de mépris :

« Tu rages, hein, que je pense encore à elle ?

— Non, je pense seulement que tu es encore plus bête que je ne le croyais.

— Je suis un paysan, je le sais, tu l'as souvent dit.

— Imbécile. Tu as écrit. Tu n'as pas pensé que le courrier de ma belle-mère était certainement surveillé. Comme tu as donné ton adresse, la police n'aurait pas à chercher longtemps. »

Il la regardait incrédule. Plus paysan qu'elle ne le pensait et le disait. Il ignorait tout de l'organisation du pays et de la puissance de la police. Elle haussa les épaules.

« Et qu'est-ce qu'il faut faire donc, dis-le, toi, qui es si intelligente ? Il nous faut quitter cette chambre ? Pour aller où ? Sous les ponts ? »

Il avait raison. Menacés ou non, ils devaient attendre la lettre qui leur apporterait de l'argent et la possibilité de s'enfuir ailleurs. Mais où ?

Elle ne pensait pas à fuir mais lui si, au contraire. Il tremblait de peur à la pensée que la police pourrait s'emparer de lui et l'enfermer pour de longues années, de longues années où il resterait séparé de Manuela. Il préparait sa fuite dans sa tête. Revoir Manuela, une seule nuit, après peu importait ce qui arriverait. Il n'allait pas envoyer cet argent tout de suite. Il allait le garder pour prendre le train qui le ramènerait au pays natal.

Il se servit un verre de vin et le but en la regardant. Elle était de plus en plus belle. Elle semblait heureuse de vivre malgré leurs difficultés. Il l'aurait volontiers giflée, battue jusqu'à ce qu'elle hurle. Il avait dû se passer quelque chose avec le voisin du haut. Peut-être

était-elle sa maîtresse ? Ce type-là alors qu'il regardait par la fenêtre, lui avait adressé un sourire goguenard et une fois qu'il discutait avec
Llanero il avait compris que c'était de lui qu'il
était question dans leur conversation. Il s'en fichait éperdument d'être bafoué par cette garce.
Une seule chose comptait pour lui, fuir cette
ville maudite et revoir sa maîtresse, Manuela.
Dans cette chambre surchauffée, au-dessus de
cette courette d'où montaient des odeurs insup-
portables et les bruits d'une humanité écœu-
rante, il se sentait plus que jamais traqué. Là-
bas, au pays, c'était seulement par la police et
l'amour de la fougueuse Manuela, lui faisait ou-
blier ses craintes. Ici il était cerné par quelque
chose de plus indéfinissable, le vice qui suait
de cette maison, de ce quartier, la saleté et la
crasse, le manque d'air. La haine qui se tissait
entre lui et Lucia. Cette veulerie qui le clouait
dans cette chambre où il se vautrait vingt heures sur vingt-quatre sur le lit aux draps douteux, ce manque de courage à affronter la ville,
les regards des passants. Il découvrait sa lâcheté
et c'était la jeune fille qu'il en rendait responsable.

Une nuit ils furent réveillés en sursaut. Une

poigne secouait la porte et la voix de Llanero
les appelait. Lucia alla ouvrir. Le boutiquier
graisseux de sueur, le visage terreux de panique la saisit par l'épaule :

« Viens avec moi. La police est en bas et fait
une rafle. Tu vas te laisser enfermer gentiment
ou je cogne. »

*

Un instant elle avait cru à un piège. Deux
heures durant elle s'était lentement étouffée
dans un réduit d'un mètre sur un mètre, et profond d'une cinquantaine de centimètres. Elle
résista longtemps à la tentation et c'était ce qui
la retenait. Le réduit était au quatrième étage
et ne pouvait être facilement découvert car il
était dans des combles et il fallait traverser un
enchevêtrement de poutres et de chevrons pour
y parvenir.

Elle pensait que la police était venue à la
suite de la lettre de Perico à Manuela. Elle
avait dû être ouverte par la police du pays. Llanero se fichait que l'on découvre un criminel
chez lui. Il jouerait l'ignorance mais la présence d'une fille de seize ans était autrement
dangereuse pour lui.

Il vint la délivrer alors que l'aube pointait.
Il souriait et avait perdu son air peureux :

« Hein que le papa Llanero est gentil ? Sans
moi tu couchais au poste et on t'envoyait dans
un orphelinat. Les sœurs n'auraient certainement pas aimé tes manières, tu sais. On dit
merci au papa Llanero ? »

Elle murmura quelques mots, certaine que ce
n'était pas pour elle qu'il l'avait cachée mais
pour sa propre sécurité.

« Pas comme ça ! » fit-il sournoisement.

Il bloquait la sortie de son énorme masse. Il
tendait les bras vers elle. Il essayait de l'attirer
contre son ventre qui débordait hors de la ceinture de son pantalon.

Elle rusa :

« Attendez que je sorte de là. J'étouffe. »

Il se poussa et elle passa devant lui avec rapidité. Il jura et lança des menaces. Il n'allait pas
être tendre avec eux maintenant, le papa Llanero.

Sa surprise fut de retrouver Perico qui s'était
rendormi. La chambre n'était même pas en désordre. Elle le réveilla pour savoir ce qui s'était
passé. Leur logeur lui avait passé une fausse
carte d'ouvrier comme quoi il était employé

dans une usine de tissage de coton. Les policiers n'avaient pas insisté. Llanero était venu reprendre la carte et lui avait demandé cent pesetas.

Le lendemain, ils apprirent qu'Henrique avait été arrêté pour port d'armes prohibées.

Les jours passèrent et Pablo ne répondait toujours pas. Avait-il eu leur lettre, c'était à se le demander. Lucia sortait tout le matin, pour échapper à l'atmosphère de la chambre et pour fuir le triste Perico. Pour chercher aussi du travail. Elle connaissait les endroits où l'on affichait les offres d'emploi et elle y passait de longues heures à étudier les listes. On demandait surtout des bonnes à tout faire et elle avait déjà noté une adresse qui paraissait intéressante. Un couple d'artistes, des comédiens, cherchaient une jeune fille intelligente pour tenir leur intérieur. Il fallait se présenter tous les jours de midi à deux heures.

Elle attendait la réponse de Pablo pour prendre une décision. De toute façon elle ne pouvait s'attacher indéfiniment à Perico qui n'avait aucun allant, aucune vitalité. Il passait ses jour-

nées à boire du vin, disant qu'il préférait boire
que manger.

Ce jour-là elle rentra avec la ferme décision
de ne pas tarder davantage à chercher du travail et de se rendre chez le couple de comédiens dès le lendemain.

Perico se mit à rire quand elle entra et lui
tendit une enveloppe.

« C'est Pablo. »

Il avait été grièvement blessé dans le toril en
allant visiter les bêtes que son maître aurait à
combattre et avait reçu un coup de corne. Il ne
pourrait pas travailler de longtemps. Il en avait
pour des mois à rester à l'hôpital. Il ne pouvait
leur envoyer que cinq cents pesetas. Il leur disait aussi mais un peu tard, de se méfier du
señor Llanero.

CHAPITRE XV

Llanero les regardait avec un sourire cauteleux. Il venait de leur demander le prix d'une semaine de location de leur chambre. Ils n'avaient que le billet de cinq cents pesetas alors qu'il en aurait fallu sept cents. Il fallait aussi vivre, même en ne mangeant que du pain et des sardines salées.

« Nous ne pouvons pas vous payer aujourd'hui, dit enfin la jeune fille.

— Je n'ai pas l'habitude d'attendre, señorita. Ce sera aujourd'hui ou demain au plus tard. De toute façon, demain à midi, je louerai la chambre à quelqu'un d'autre. »

Il les quitta. La jeune fille s'approcha de la valise et y prit un foulard qu'elle essaya.

« Tu t'en fiches ? demanda Perico avec hargne. On est fichu dehors et cela ne te fait rien ? »

Elle espérait avoir la place le lendemain. Et même si elle était prise, elle prendrait n'importe laquelle. A condition qu'on l'engage tout de suite. Elle se souciait peu du garçon mais elle n'avait aucune envie de le narguer en lui expliquant ses intentions.

« Ce billet de cinq cents, dit Perico, je le garde. Avec cet argent, je rentrerai au pays.

— Très bien. »

Le ton détaché et léger de la jeune fille le mit en fureur.

« Après m'avoir entraîné aussi loin, tu ne penses qu'à te débarrasser de moi. Tu as trouvé un maquereau ? »

Elle le regarda avec un sourire tranquille, une sorte de pitié dans les yeux :

« Tu as peur de tout entreprendre. Tu crèves du désir de revoir ma belle-mère et tu n'oses pas partir et prendre le train. Tu as peur de la police et tu ne sais pas ce qu'il faut faire pour l'éviter. »

Les rôles étaient renversés; c'était lui qui appréhendait de se retrouver seul dans l'immense cité, et elle qui était prête à tout pour échapper à son destin.

Quand vint l'heure de la sieste et que Perico

eut vidé jusqu'à la dernière goutte la dernière
bouteille de vin elle s'habilla rapidement, prit
ses menues affaires, regarda en silence le garçon
qui dormait sans quitter son masque maussade.
Elle referma doucement la porte derrière elle
bien décidée à ne pas revenir même si elle ne
trouvait aucun emploi. Elle irait dès maintenant chez ce couple de comédiens. Il n'était pas
tout à fait deux heures mais elle avait repéré
sur un plan la rue où ils habitaient.

Il était deux heures moins cinq quand elle
pénétra dans un building de construction ré-
cente. Elle s'amusa à prendre l'ascenseur jusqu'au quatrième. Elle sonna :

« Je viens pour la place de bonne à tout
faire », dit-elle à la jeune femme qui vint ouvrir.

Cette dernière eut un sourire un peu cruel :

« Ni Madame ni Monsieur ne sont là. De
toute façon je crois que la place n'est plus libre. »

Elle ajouta avec condescendance :

« Puisque je suis là depuis hier au soir. »

Lucia subit le choc avec une sorte de gaieté.
Elle s'attendait à tout. Elle se mit à rire et l'autre la regarda avec surprise :

« Tant mieux. Je n'aurais jamais pu me
faire à un quatrième étage. Bonne chance. »

La petite bonne en resta béate pendant une
bonne minute, le temps que Lucia descende
avec légèreté les escaliers.

Il lui restait un peu d'argent et elle pénétra
dans un salon de thé et commanda un café con
lèche glacé. Elle le but jetant un coup d'œil
distrait à un journal. Et son cœur bondit. Ce
qu'elle lisait expliquait merveilleusement la
confiance qu'elle ressentait depuis le matin en
son étoile. Tout allait changer :

« Les aficionados sont informés que le señor
« Garrido signera son livre : « Toros de
« Muerte » à la librairie de la Tauromachie
« cette semaine. »

Elle découpa l'article de son ongle pointu en
observant les serveuses. Elle paya et sortit. Elle
se hâta vers la librairie en question. Il y avait
foule à l'intérieur et Don Manuel devait être
assis à une table, car elle ne l'apercevait pas.
Devant la porte le long du trottoir il y avait de
luxueuses voitures et de jolies femmes élégantes
et maquillées se pressaient dans la petite boutique. La devanture ne contenait que le livre de
Don Manuel avec sa photographie souriante.

Le regard de l'homme était chaud et confiant.
Elle savait qu'il tiendrait parole.

Elle attendit plus de deux heures faisant les
vitrines de la rue attendant qu'il y ait un peu
moins de monde. Vers les cinq heures il lui
sembla que la foule était moins compacte dans
la librairie. Elle s'en approcha et put distinguer
Don Manuel en train de parler avec un vieux
monsieur à la barbe blanche. Elle avança alors
sans timidité, le regardant avec un plus merveilleux sourire. Il jeta les yeux dans sa direction, et le plus merveilleux c'est qu'il n'eut pas
l'air étonné. Il sourit plus largement et serra la
main du vieux monsieur.

« Bonjour Lucia. »

Elle inclina la tête avec une boule dans la
gorge qui refoulait les paroles qu'elle voulait
prononcer.

« J'ai eu des nouvelles du pays et j'ai appris
que tu étais partie. Tu m'as retrouvé ? C'est
que tu as besoin de moi ? Attends quelques minutes veux-tu ? Quand il n'y aura plus personne
en quête d'une dédicace nous partirons. »

Elle attendit heureuse tandis que les derniers
venus se demandaient qui était cette jolie et si
jeune fille.

CHAPITRE XVI

MANUEL l'avait quittée à 8 heures du matin et elle s'étira d'aise dans le grand lit de la chambre qu'il avait louée pour elle la veille dans le même hôtel que lui. Elle courut à la fenêtre dans le plus simple appareil. Elle vit le grand parc qui entourait l'hôtel, devina la présence de la mer au-delà des pins maritimes et des palmiers. Elle passa dans la salle de bains, fit couler l'eau chaude dans la baignoire incrustée dans le sol. Elle pataugea dans l'eau avec délices. Déjà la veille elle s'y était attardée et Manuel s'était inquiété, était venu la rejoindre. Il l'avait enlevée dans ses bras, toute humide, l'avait essuyée avec douceur et l'avait portée dans le lit. Il l'avait aimée avec une gentillesse qui faisait encore battre son cœur. Il était délicat, raffiné et elle avait été heureuse.

Elle revint dans son lit. Il devait revenir

dans une heure ou deux, pour déjeuner avec elle. Il ne lui avait pas dit où il allait.

Elle s'allongea sur le ventre, les mains dans son opulente chevelure que l'homme s'était amusé à lui tresser en nattes. Elle souriait.

On frappa à sa porte et elle cria d'entrer. C'était Manuel et il avait plusieurs paquets avec lui. Elle battit des mains. Il avait choisi une robe d'un rouge vif et aussi des dessous de nylon. Simples et coquets. Elle pensa avec un frisson aux suggestions vestimentaires d'Henrique à ce sujet mais c'était du passé.

« Voilà. Ça te plaît ? »

On frappa et il alla à la porte, ne la laissant s'ouvrir qu'à moitié. Il revint avec un plateau garni.

« J'ai faim. Dans ce carton il y a une robe de chambre. »

Ils mangèrent avec entrain. Un moment il la regarda avec un sourire :

« Tu n'es pas choquée ? Je pourrais être ton père. »

Elle lui donna un baiser léger.

« Je ne veux pas savoir ce que tu as fait jusqu'à présent. Il est inutile de parler de choses qui te sont peut-être douloureuses. Est-ce que cette ville te plaît ? »

Elle fit signe que oui. C'était exactement le genre de ville dont elle rêvait dans son village : active mais luxueuse, avec une atmosphère artistique qu'elle percevait.

« Tu resteras donc ici. Je te trouverai un petit appartement et du travail. Hélas, je suis obligé de me faire passer pour ton tuteur.

Elle inclina la tête.

« Je ne serai pas toujours à tes côtés. J'ai mes occupations et mes propriétés. Mais nous irons cet hiver à l'étranger. Je veux que tu travailles. »

Elle rougit de joie. Elle voulait participer à quelque chose, ne pas être une femme entretenue. C'était surtout pour cela qu'elle s'était confiée à don Manuel. Il était suffisamment dégagé des convenances morales routinières pour vouloir faire d'elle une femme libre de toute attache.

« J'ai des amis qui tiennent une agence de voyage. Ce sont des gens très compréhensifs. Ils te prendront certainement et tu auras un rôle très intéressant : préparer des voyages, accompagner des touristes dans la ville. Je resterai

suffisamment ici pour te la faire connaître dans
ce qu'elle a de plus attachant, nous irons voir le
village Espagnol, les musées et le monastère de
Montserrat. Tu seras ensuite capable de faire
sentir la beauté de ces lieux aux étrangers et
aux touristes que tu conduiras. »

Le drap glissait de la petite poitrine ferme,
dégageait la pointe d'un sein curieux. Il ôta le
plateau des genoux de Lucia et se pencha vers
elle.

CHAPITRE XVII

MANUELA était accoudée à la fenêtre qui donnait sur le vieux quartier abandonné. C'était le dernier quartier de la lune et une sorte de ciel jaune se levait au-dessus des vieux toits délabrés. Il faisait chaud et la jeune femme ne pouvait pas trouver le sommeil. Elle s'était couchée tout de suite après son maigre repas. Pilar aussi était dans sa chambre.

Manuela pensait à Perico et son corps frissonnait. Il n'y avait rien au-dessus de cette souffrance de sa chair à laquelle manquait la chair du garçon. Elle avait maudit sa belle-fille mais que pouvait faire la haine ? Perico était à Barcelone et elle n'avait aucun moyen de le rejoindre. Il n'y avait pas la moindre peseta dans la maison et il n'y avait rien à vendre. Elle avait songé à partir à pied mais le garçon ne lui avait-il pas écrit qu'il ne voulait pas rester

dans cette ville, qu'il attendait une lettre de
son frère et qu'il lui écrirait ce qu'il comptait
faire.

Elle ne voulait pas revenir sur les événements passés mais rien n'y pouvait. Le policier
était parti, ce soir-là, elle était allée dans la
chambre de la jeune fille, décidée à lui faire
une scène terrible. Elle était dans une rage fré-
missante. Elle avait trouvé cette chambre vide
et ce n'était qu'au petit matin, en ne voyant
pas Perico revenir qu'elle avait compris la vérité. L'intrigante avait réussi en quelques minutes à décider Perico et à l'entraîner avec elle.

Elle avait eu le malheur dans sa peine ex-
trême de prendre Pilar pour confidente. La
vieille radoteuse avait vite informé le bourg du
scandale et le padre José avait voulu lui rendre
visite. Elle avait refusé de le voir. Depuis les
deux femmes vivaient sur leurs maigres provisions et celles-ci s'épuisaient. Manuela n'osait
plus sortir. La vie s'écoulait goutte à goutte
comme un liquide poisseux qui n'en finit plus
de s'échapper de la boîte qui le contient. Certains soirs elle souhaitait mourir et sa tristesse
était si forte qu'elle pensait que quelque chose
céderait en elle et que ce serait fini.

Perico écrivait qu'il était malheureux loin
d'elle, qu'il regrettait son geste. Elle le croyait
mais elle le savait faible, sans grande volonté,
un peu borné. Cela ne l'empêchait pas de l'aimer parce qu'il était jeune et qu'elle se sentait capable de le faire changer. Seulement il
n'aurait certainement jamais l'énergie de revenir.

Diaz était revenu de la clinique. Il ne déco-
lérait pas et talonnait les policiers. Il ne conce-
vait pas que l'homme qui avait attenté à sa vie
puisse être en liberté alors que lui était encore
obligé de garder la chambre et de subir les
soins. Son premier geste avait été de faire ren-
voyer la mère de Perico de chez les gens qui
l'employaient à de gros travaux et d'envoyer
une lettre insultante à Manuela où il disait entre autres qu'elle avait été incapable de faire
de sa belle-fille autre chose qu'une... Là un vo-
cable injurieux. Elle avait brûlé la lettre.
Qu'importait ? Les gens ignoraient la vérité totale mais l'eussent-ils sue que cela l'aurait lais-
sée indifférente.

Elle soupira et fixa les ruines. Le garçon
s'était tapi dans ces ombres confuses de murs de
terrasses et de toits à moitié écroulés. Il aurait

pu s'y cacher encore longtemps, malgré les
fouilles, jusqu'à ce qu'ils trouvent une solution
de fuite. Elle y avait songé mais c'était la présence de sa belle-fille qui l'avait retenue. Elle
n'aurait pas consenti, malgré son manque de
tendresse et d'affection pour elle, à la laisser
seule.

Périco écrivait qu'elle sortait toujours seule
et qu'elle devait avoir des amants. Elle ne paraissait pas se soucier de leur manque d'argent
et elle était gaie et ne pensait qu'à visiter la
ville. Etrange fille en vérité que Manuela comprenait difficilement. Peut-être trouverait-elle
sa chance. Elle était assez fine et intelligente
pour ne pas se laisser prendre à certains pièges
des grandes villes. Manuela était lasse de Lucia
et souhaitait ne plus entendre parler d'elle et
être débarrassée de cette responsabilité qui pe-
sait parfois sur elle comme un remords.

Elle rentra dans sa chambre et s'allongea sur
le lit. Il faisait lourd mais elle n'avait pas sommeil. Elle dormait à peine quelques heures chaque nuit. Au début, elle croyait toujours que Perico l'appelait et sautait dans la chambre. Il lui
avait fallu plus d'une semaine et aussi la lettre
du garçon pour se faire complètement à l'idée

qu'il se trouvait à des centaines de kilomètres d'elle.

Elle se dressa, alluma la lampe. Elle ne pouvait plus supporter cette solitude moite, cette mélancolie désespérée qui l'étreignait. Elle avait soif. Il y avait de l'eau dans une carafe et elle en but un verre. Elle éteignit à nouveau à cause des insectes maladroits qui venaient se cogner aux murs.

Elle s'allongeait à nouveau lorsqu'elle entendit un bruit qui venait du dehors. Elle sauta en bas de son lit et se précipita à la fenêtre, le cœur cognant comme un fou sous son sein. Elle scruta les ténèbres.

Une ombre se leva et approcha. Elle était muette et paralysée de stupeur et de joie. Perico, c'était Perico ! Il sauta lourdement dans la chambre et s'effondra sur le sol. Elle s'arc-bouta pour le soulever, réussit après mille peines et efforts à l'allonger sur le lit. Elle ferma les volets et éclaira l'électricité : le garçon était dans un état lamentable. Il marchait sans souliers, les ayant certainement usés jusqu'au bout et ses pieds étaient en sang et couverts de poussière. Son visage reflétait une immense fatigue. Elle remplit un verre d'eau, l'aida à boire.

« Encore ! » fit-il.

Il but encore et tomba comme une masse dans un sommeil profond.

*

Comme devant un miracle, Manuela ne bougeait pas, ne quittant pas du regard le visage du garçon. Elle resta ainsi presque une heure. Elle n'était plus présente mais dans un puits éblouissant de joie.

Enfin elle se leva, prit un linge dans le placard et le mouilla. Elle le passa si délicatement sur le visage du garçon qu'il ne sentit absolument rien. Elle le déshabilla ensuite avec plus des gestes de mère que d'amante. Il avait dû marcher longtemps et sans beaucoup s'arrêter. Son corps était corrodé par la transpiration et ses vêtements étaient humides. Elle le couvrit d'un drap usé mais propre qu'elle sortit de sa réserve.

Elle éteignit la lumière et s'allongea sur le parquet. Elle se leva à l'aube et descendit à la cuisine. Elle trouva quelques grains de café qu'elle moulut et prépara le déjeuner. Elle préleva un gros morceau de pain dans la dernière

miche que le boulanger avait donnée. Il ne
voulait plus leur faire crédit, avait-il dit. Elle
remonta avant que la vieille Pilar ne se lève.

Elle attendit le réveil de Perico. Il dormit
jusqu'à ce que le soleil soit brûlant au-delà des
volets clos, mais elle n'avait aucune impatience,
aucun geste de dépit. Elle attendait. Ce qui la
chagrinait c'était que le café se refroidissait.

Il ouvrit les yeux, découvrit son visage et le
regarda longuement. Il sourit parce qu'elle sou-
riait.Elle détourna la tête parce que ses yeux
brillaient un peu trop et lui plaça le petit de-
jeuner sur les genoux. Il mangea longtemps,
n'arrivant pas à se rassasier. D'une voix basse il
lui raconta brièvement son odyssée : la fuite de
Lucia qu'il avait attendue jusqu'au lendemain.
A midi il n'avait plus de chambre et se retrouvait sur le pavé avec sa valise. Il était allé à la
gare directement et avait pris le train pour Va-
lence au lieu de faire le détour par Madrid.
C'était plus risqué mais il avait hâte de rentrer.
Il avait ensuite fait trois cents kilomètres à
pied, marchant le jour et une grande partie de
la nuit. Il avait couvert là distance en moins de
six jours, ne mangeant qu'un peu de pain et
chapardant des fruits sur son chemin.

Il se tut et finit son petit déjeuner sans remarquer qu'elle ne mangeait pas. Elle avait éteint la lumière et ils étaient dans une clarté rougeâtre, le soleil donnant en plein sur les volets joints mais fendus. Il lui redonna le plateau.

« Viens. »

Elle se déshabilla sous ses yeux et il suivit ses mouvements, les yeux fixes, fasciné. Les seins volumineux, blancs et fermes apparurent les premiers, puis la taille un peu lourde, mais sans pli de graisse, les hanches ovales et pleines sur lesquelles se tendait le ventre et son ombre intime. Elle se tourna pour poser sa robe et sa croupe jaillit vers lui, l'invitant au plaisir.

Il sauta du lit, l'enlaça. Elle tomba à genoux, inclina son torse vers le sol. Fou de désir il posa sa bouche avide sur la chair en feu, gémit comme un chiot énervé qui retrouve le parfum aimé de ses maîtres. Longtemps il s'abreuva à ces multiples sources de plaisir, se redressa, agenouillé contre Manuela.

« Viens », murmura-t-elle.

Perico hésitait et d'une main impatiente elle le guida. Elle haletait comme une femelle de fauve et quelques mots crus, inattendus s'échappèrent de sa bouche, donnant au garçon l'audace nécessaire. Tout de suite il fut surpris par la montée de son extase, hurla de joie.

Epuisé par cette volupté trop intense il la laissa le hisser sur le lit. Les mains douces le massèrent doucement le cernant d'une pluie de sensations jusqu'à ce qu'il se tende à nouveau malgré sa fatigue, son désir de dormir.

Les nerfs à fleur de peau il vit la bouche humide qui le baisait tendrement, qui s'enfouissait dans la fourche de ses jambes pour enduire de caresses suaves l'amorce de sa nature d'homme avant de remonter le long de la tige impatiente emperlée de rosée.

Ils s'aimèrent jusqu'à ce que le plein midi soit annoncé par la cloche de l'angelus. Elle se leva et enfila sa robe tandis que les yeux mi-fermés, il se laissait aller à une douce somnolence.

« Je descends à cause de Pilar. Je reviendrai dans une heure. »

La servante ronchonnait de façon terrible. Elle achevait de perdre la tête avec les événements nouveaux. Elle se campa devant Manuela, les mains sur les hanches :

« Plus de messe, plus de petit déjeuner.

— Je me suis endormie tard ce matin. Cela
ne te regarde pas. »

— Et ce qu'on mange, est-ce que ça me regarde ? »

Elle posa avec brusquerie un plat de riz à
l'huile d'olive et quelques figues fraîches.

« On me les a données ce matin. A moi,
parce que l'on me plaint ! »

Manuela les accepta pour Perico. Elle préleva du riz et du pain et cacha le tout en attendant que la vieille soit occupée à sa vaisselle.
Elle rejoignit sa chambre. Perico dormait à
nouveau elle attendit qu'il se réveille.

Il se réveilla une heure plus tard et il se mit
à manger.

« Je ne peux pas rester là, dit-il quand il eut
fini. Il me semble que quelqu'un m'a vu cette
nuit quand je suis arrivé au village. J'ai eu
l'impression que l'on m'épiait. »

Elle y avait également songé. Elle exposa son
plan.

« Cette nuit nous partirons vers le sud. Vers
la mer. Il y a des petits pays le long des plages,
c'est bien une malchance si nous n'arrivons pas
à y trouver de quoi travailler et de quoi nous

loger. Les gens ne feront pas attention à nous.
Nous pourrions aller dans les salins. »

*

Elle avait décidé qu'elle travaillerait pour
qu'ils arrivent le plus vite possible sinon à une
certaine aisance du moins à vivre. Elle savait
qu'elle signait aussi de ce fait son arrêt. Travailler sous le rude climat surtout au pays du
sel, elle vieillirait en quelques mois et alors
que se passerait-il ? De toute façon elle vieillirait. Pour se conserver jeune et jolie, il lui aurait fallu de l'argent pour se rendre dans ces
instituts dont parlaient les journaux. Elle savait
qu'elle avait retrouvé Perico, mais que ce
n'était pas pour longtemps. Il lui faudrait tirer
du temps présent toute la joie possible qui ferait dans quelques années de mélancoliques,
mais vivaces souvenirs.

« Je ne veux pas que tu travailles, dit-il,
d'un ton farouche. Il y a bien assez de mes
deux bras. Nous en sortirons, je te jure. »

Sur le moment, il disait la vérité. Manuela
lui donnait plus le goût de la vie que Lucia.
Retrouver Lucia après une journée de soleil et

de sueur, ce devait être mordre dans un fruit
acide. Revenir vers Manuela, c'était autre
chose, la sensation de retrouver une partie de
soi-même, un confort non matériel, mais spiri-
tuel.

Elle se glissa vers lui. Se rassasierait-elle un
jour de cette jeune chair, de ces jeunes muscles
qui frémissaient et palpitaient sous ses caresses ?
Elle connaissait sa réponse : elle jamais. Mais
lui ?

Le meilleur temps passé avait été les quelques heures de leur rencontre à la trahison de
Lucia. Ils avaient oublié la vie et le monde extérieur, la faim et la soif, la police et les ragots.
Une nouvelle tranche de leur existence s'ouvrait.

Manuela n'était pas mécontente de quitter la
vieille demeure à laquelle rien ne la liait. Trop
de rêverie, trop de mélancolie flottaient dans
ces pièces sobres. Elle allait remettre les pieds
sur terre pour engager une lutte dont elle ne
serait que la plus modeste bénéficiaire sur les
deux. Elle lui laisserait la meilleure part et
quand elle comprendrait que l'heure en avait
sonné, s'il le fallait, elle essayerait de partir, de
s'éloigner pour le laisser libre.

Elle souhaitait que cette heure sonnât le plus tard possible.

Le soleil descendit lentement dans le ciel empourpré. Le soir s'alanguit dans des nuances de plus en plus sombres et ils regardaient au dehors par la fenêtre ouverte, allongés l'un à côté de l'autre. Elle descendit prendre quelques provisions.

Ils attendirent que la nuit soit avancée, et ce fut vers minuit qu'ils sortirent de la vieille demeure. Ils avaient une grande distance à parcourir avant le lever du jour.

FIN

ÉDITIONS DU PHÉNIX

14, rue Daniel Féry — 94800 VILLEJUIF

Nos ouvrages sont disponibles dans toutes les bonnes librairies et les dépositaires de presse de France, Suisse, Belgique et Espagne.

Si votre marchand habituel ne peut vous procurer un titre manquant, adressez-nous le bon de commande du verso.

Aucun envoi n'est fait contre-remboursement.

Voir au verso

BON DE COMMANDE

Veuillez me faire parvenir les livres suivants que je n'ai pas trouvés chez mon marchand habituel :

CUPIDON N° . . . .

. . . .

N° de remplacement : . . . .

TOTAL : . . . . . . volumes

au prix de 9, — Frs. F. + 1, — Fr. de port soit 10, — Frs. F. par volume.

Ci-joint chèque banquaire, mandat, ou chèque postal de Frs. . . . .

Nom . . . .

Adresse . . . .

. . . .

Ville . . . .

Code postal . . . .

... you."

... asn't allowed to

... n a ki... at demanded
... iprocation.

... the same body that had shied away
... 's every touch—now capitulated without
... conscious thought on her part. She sank
in... n while her mouth softened under his,
al... g him immediate access to the interior.

Li... he marauder his ancestors had been, he
too... vantage, his tongue seeking hers out with
ser... l intent. The hand on her throat slid down
to... shoulder and then lower.

Hi... mphant growl was both animalistic and
un... ably exciting.

This man might have all the urbanity expected
o... nce on the outside, but underneath beat
t... rt of a ruthless Cossack. He wanted
no... less than *everything*.

At t...

Crown Prince Mak...
Prince Demyan...
...lready...

Hav... is one mor...

Tied t...women by necessity, it...
m... surprised by the fiery strength of the...
the Princes or their brides.

But when the sheets cool on the marriage bed
who will win…Queen or country?

Read Crown Prince Maksim's story this month in
ONE NIGHT HEIR

And next month discover how far Prince Demyan
will go to do his duty in
PRINCE OF SECRETS